離水

作者・吳墨

插畫・Gene

離水

目錄

序幕：雨中的男子

「人生第一口菸竟直接抽了三根，真是的……」

夜晚街邊的石階上，有個一頭亂髮的男子伸長了腿坐在上頭，男子手中夾著一根燃著的菸，他不熟練地朝天空吐出煙霧，看著煙霧消散在不斷落下的雨絲中，男子舉起一旁的啤酒喝了一大口。

此刻男子的腳邊已經整整齊齊地擺了五個喝乾的空罐。

現在是晚間10點，原先的毛毛雨變成了大雨，獨自仰望著無星也無月的夜空的人嘆了口氣，昏黃的街燈照亮了他憔悴的臉龐。

「人生第一口菸，或許跟那時候的你一起抽就不致於這麼苦悶了，不過你應該也不會抽吧，畢竟你那麼討厭髒兮兮的東西，菸蒂和菸味應該也在你討厭的名單內吧，好險你不在啊，不然就得連我一起討厭了。」男子自嘲地笑了，將菸屁股彈下階梯。

如果此時有人問他人生第一口菸的感覺如何，他大概會說就像是心裡頭那些無能為力又無以名狀的嘆息，終於化成可以看得見的煙霧一吐而出，稱不上爽快也談不上失

離水

望，這一切的一切只是在咽喉揮之不去的苦澀餘韻罷了。
再苦，也沒人生苦。
這是他對此刻的自己以及往後人生下的註解。
那個男人坐在街邊將自己緊緊抱著。
如果人生可以不像第一口菸一樣苦澀該有多好。
如果初戀的你可以在我身旁，該有多好。

第一章：秋有月

「喂！你們那間的要不要一起去吃飯？」

「我問問看喔。」

「還要問啊，怎麼每次都要問，你直接說好就好啦！」穿著紅色格子襯衫當外罩配上白T的人不耐煩地說。

那個人有一雙笑起來應該很好看的褐色眼睛，但此刻那雙眼卻顯得殺氣騰騰，他肚子餓了，超餓的那種。

「啊，要吃什麼？」

「不知道耶，那我等等一起問好了。」

慢吞吞回話的人沒有意識到這份殺氣，仍埋頭在那個對上課來說，明顯過大的黑色背包中摸索。

「不，別問了，去吃連長水餃，我們會幫你們那間占位子，記得來啊。」

襯衫男將自己深藍色的帆布背包甩上肩膀，撂下這句話後便自顧自地往前走去，留下終於從背包中摸出手機的溫吞傢伙。

什麼是青春？大學生的青春就是每天煩惱晚餐吃什麼。

「只有兩個人出現啊？其他人勒？」

襯衫男從放著20顆水餃的盤子前抬起頭，嘴裡還咬著一顆。

「啊，洪育寅和陳和說想吃別的所以就沒來了。」

又是這個溫吞的聲音。

他討厭對方這種慢吞吞的感覺，每次跟他說話都覺得自己要折壽了。

方慕湁，這個開學前就跟他結下不解之緣的慢郎中住在7506，是他們7507的固定飯友之一，因為兩間房近的關係，所以總是結伴去吃飯。

他對方慕湁的第一印象就是慢。

不管是講話還是行動，方慕湁都是以一種彷彿在水裡的慢動作緩緩進行著，而吳灕的個性，剛好與那人完全相反，套一句他那最近迷上歌唱節目的老媽，最愛的一首歌來總括：「易燃易爆炸」

他從小時候開始就是這樣，成天打架鬧事，現在雖然收斂了一些，連本來打算要改頭換面，讓自己變成氣質斯文男的願望，都無法達成。

第一章：秋有月

坦白說，方慕湁沒對他做什麼，光是看著他的一舉一動，就足以令吳灘滿肚子火。

他與方慕湁第一次見面是在新生茶會上，之所以記得很清楚，是因為他排在後面點餐。

那個人完全無視他發出的嘆息和不耐煩的表情，拿著菜單一頁一頁的慢慢看，那種像是老教授在看報告的速度，簡直要他的老命，最後也最令他憤慨的是，那位同學看了老半大，還是向店員點了第一頁上的第一道餐點。

從那時候開始，吳灘打從心底發誓，開學之後，絕對不要再跟這個人有任何交集。

可是沒想到開學後，不知為何，他很常看見方慕湁出現在自己生活周遭。

先是入住宿舍當天發現那傢伙竟然住在隔壁，接下來上課時發現他們選了同一門通識，最扯的是，連去學餐點餐，那個溫吞鬼不知為何總是能成功排在他前面。

因此易燃易爆炸的人，生氣的頻率也更頻繁了，最後再次被班上定位成流氓。

明明如此討厭，但不知為何目光所致全是同一人。

「幹嘛嫌棄我們，我們可是排除萬難來見你們耶。」一旁有著一頭惹眼紅髮、混血兒模樣的人，邊回話邊拉開紅色塑膠椅子一屁股坐下。

「少在那邊說這些廢話，點你們的水餃吧！」他故意把「點你們的水餃」唸得十分兇狠。

「吳灕，不要這麼幼稚。」

坐在他另一側的人開口，那個人的聲音聽起來很「模範生」，咬字清晰、溫和有禮，連穿著也是，扣到最上面的雪白襯衫配上米色外套，完全就是個好孩子的模樣，與他們這一大群邋遢的大學生簡直天差地遠。

吳灕嘁下口中的水餃，哼了一聲沒再說話。

「果然只有蕭莛洛治得了你這個小流氓。」一頭紅髮的人噗嗤笑了出來。

「閉嘴啦，紅毛。」

吳灕隨口應了一句後，便將注意力轉向碟子，裡頭的醬料是他按照比例調製而成，20%醬油、60%黑醋、20%辣油，他用筷子尖端沾了一口試味道。

嗯，一如既往地完美。

他心滿意足舉起筷子，將水餃泡進醬料碟中把白水餃搞成黑水餃，正準備大快朵頤之際，忽然覺得有個人盯著他看，這一分神，滑溜溜的水餃便砸在了桌上。

「啊！我的水餃！」

吳灕慘痛大喊，七手八腳地試圖搶救一口都還沒吃的水餃，被喚作「紅毛」的人在一旁幸災樂禍地用筷子亂戳著掉到桌面的水餃。

「謝諾以，你不要搞事啦！」他火大的說。

第一章：秋有月

「嘿，我在幫你耶。」說完謝諾以將水餃輕輕一推，使之滑到桌子的另一端。

「吳灘。」

這個聲音讓吵吵鬧鬧的兩人瞬間安靜了下來，吳灘將目光轉向聲音的方向。

「啊！對不起，我不是故意的！」

蕭莛洛端坐在位置上，露出無害的微笑，身上淺色系的衣服濺滿了斑斑醬油。

「吳灘啊，我記得我跟你說過，我等等有個很重要的補習班面試。」

位置上的人笑得更開朗了，吳灘驚慌失措的從紅色塑膠椅上彈起，他知道一旦對方露出這個表情後自己只剩死路一條。

「我幫你擦乾淨！」他抽了一整疊的衛生紙，壓在對方那件面目全非的襯衫上，猛力擦拭。「你看這樣就沒事……」

話還沒說完，他便意識到自己把那件衣服搞得更糟糕了，原先看起來還好的斑斑點點在他的擦拭下擴散開來。

啊，已經沒救了，不管是襯衫還是他。

吳灘絕望的放下衛生紙，面前的蕭莛洛緩緩地站了起來，那個人坐著的時候還沒感覺，一旦站起來卻是會讓人忍不住行注目禮的身高。

身高195的男兒配上和藹可親的笑臉。

對吳灘來說，這光景就是地獄。

蕭莛洛拿起桌上吳灘精心調製好的醬料，謝諾以在旁邊露出興味盎然的吃瓜臉。

「你應該準備好了吧？」蕭莛洛平靜開口。

「怎樣？難道我能說還沒嗎？」吳灘脫下了紅格子襯衫亮出內層的白棉T，露出視死如歸的神情。「來吧。」

「乖孩子。」

蕭莛洛一甩手，將碟子裡的醬油全部潑向那件白T，霎時間一幅水墨畫完成了。

「喂！同學！不要在那裡玩醬油，你看看桌子和地板都被你們用髒了！」有著外省腔的聲音響起。

渾身沾滿醬油正死命地盯著對方看的兩個人，一聽到這聲音，立刻轉身面對那個穿著白色吊嘎，舉著湯杓的中年男子立正站好。

「連長，對不起！我們會清乾淨的！」蕭莛洛字正腔圓地說，只差沒行舉手禮了。

「阿伯，對不起！」吳灘跟著道歉卻被蕭莛洛拐了一下，連忙改口。「連長！對不起！」

說完，兩個人自動自發地走去工具間拿起抹布開始整理一團狼藉，完全忘了身上那可能再也洗不起來的醬油漬。

第一章：秋有月

這就是大學生的生活，平凡無奇又華麗無比。

吃瓜的吃瓜，打掃的打掃。

「啊……你們的衣服怎麼都髒了？」

還有一個令人惱火的慢半拍。

吳灘，今年19歲，大學新鮮人，中文系小菜雞，目前最大的心願是交女朋友，還有讓那個總是慢半拍的人離自己越遠越好。

※

「欸？你的衣服怎麼變成這樣？」

又是這句話。

吳灘才剛拉開宿舍的門，裡面的人就問了他一路走來聽過不下十遍的問題。

「去問蕭莛洛。」

他直接脫下上衣甩到洗衣籃裡，光著上身晃到了書桌前打開筆電。

「好歹套件衣服吧！」書桌與之相聯的鄰居發出抱怨。「不是大家都想看你那健美的腹肌。」

「又沒叫你看。」

他向對方比了個中指後，便繼續埋首於報告中。

這間他們目前住的學生宿舍，被列為全國最爛宿舍，甚至還有媒體特別去現場採訪，簡直成了另類的觀光景點。

裝潢老舊不說，宿舍內部的擺設方式也十分奇特。

兩張極為沒有隱私、連在一起的三人木製書桌貼齊房間最底端，並按順序標示上A、B、C和D、E、F。

睡覺的上下鋪為了硬多加一個床位，設計成特殊的面向下倒L型，讓它變成了有兩個上鋪一個下鋪的床，而L型底下空出來的空間則被塞了一個衣櫃，使之成為一個詭異的長方形，只能說空間的運用堪比俄羅斯方塊。

「我就坐這麼近怎麼能不看到？」

室友A繼續發出抱怨，他的桌上也放了台筆電，吳灘瞄了一眼，發現對方打開的Word檔仍一片空白。

「你和C的新詩寫完了沒？」他笑笑地問。

「沒有啊，林季晴出去洗澡了，我在等他回來。」A發出哀號。「我都想不到要寫什麼，現代詩的教授太殘忍了。」

「我可以幫你們寫，等我。」吳灘在鍵盤上飛快的打字，然後按下送出。「好了，你看。」

「聖人啊！你竟然這麼快就寫了一首新詩嗎？」室友Ａ迫不及待的點開ＬＩＮＥ的訊息。「欸幹，你這傢伙寫這是啥鬼東西，我要跟林季晴說，啊！說人人到！」室友Ａ高舉著手機，對著剛走進來脖子上披了一條毛巾，看起來暖烘烘的人大聲哭訴。

「林季晴！你看吳灘幫我們想的新詩作業！」

剛洗好澡，一臉狀況外的人接過手機。

「標題：〈白晝之夜〉。內容：熬夜到天亮的天空，是白的；螢幕上的稿紙，是白的；我想明天，老師的臉也會是白的。」

「啊？現在是瞧不起我們想不出來是不是！」林季晴將濕毛巾丟向坐在位置上，一臉得意洋洋的人的臉上。

「我覺得很棒啊。」吳灘揮開毛巾，剛才在室友Ａ的哀號聲中，他已經將自己那份完成的作業上傳到教學平台。「不滿意的話，你們繼續慢慢想啊，我要去洗澡了，掰掰。」

「欸，宵夜要吃啥？今天換你訂了。」在一旁一直沒出聲的室友D，聽到他要去洗澡突然開口。室友D穿著招牌的超大外套，屈起腳窩在座位上，連講話的時候，都仍專心地盯著螢幕用散彈槍掃射殭屍。

「吃二極如何？」吳灕思考了一下開口。

「嗯，我要蛋餅和豆漿。」室友D說完，又回到他的殭屍末日裡去了。

「啊，你們白晝之夜組要吃啥？」

浴室拖夾雜著從洗衣籃撈出的各式衣物和兩名男子，一起朝門口那個咧嘴笑的捲毛飛了過去。

下次宵夜要吃什麼好呢？D在電競用降噪耳機後愉悅地思考著。

大學生的生活，就是如此平凡無趣又華麗無比。

※

「此情此景正可謂：春城無處不飛花……啊，下一句是什麼啊？」

「寒食東風御柳斜。」

第一章：秋有月

「很會嘛，那『春花秋月何時了』的下一句呢？」

時序進入到了秋日，此時正是美人樹盛開的季節，在連接宿舍區與教學區的道生橋兩側，種滿了美人樹，粉嫩的花瓣配上湛藍的秋日晴空，使這裡成為除了宿舍外第二個熱門的ＩＧ打卡點。

許多大學生都爭相在道生橋上打卡，吳灘和被稱作嘎嘎的張嘉麟也不能免俗。

嘎嘎是截至目前為止，他見過最會社交的中文系學生。

中文系的人大多比較內斂，其實說直白點就是孤僻，但嘎嘎不同，他跟誰都能聊也完全不怕生，開學第一天，就跟班上以宿舍劃分成的各團體打成了一片。

吳灘沒再理會身旁聒噪的夥伴，他心中有比接古詩更重要的事。

此情此景，讓身為大學新鮮人的他，很想談場轟轟烈烈的戀愛啊！

高三那年，吳灘開開心心的填了五個志願，五個全是中文系，除了本身喜歡文學之外，重點是文組的女孩子多，女孩子多機會就多，或許這次他終於有機會脫離「單身狗」這個被叫了幾乎大半輩子的稱號了。

抱著這樣的幻想，他成功進入了文組中的文組：中文系。

可是入學後，他才發現雖然人人都說中文系的女孩多，但他們這屆竟然是男生居多，而且班上的女孩們共同特色不是萬分害羞，就是高嶺之花。

害羞的小家碧玉和高嶺之花不是不好，而是只要太過接近，她們立刻就會拉高警戒心，被當成變態了。

吳灘趴在陸橋的欄杆上，看著花樹下眾家網美搬出各種「胸器」與花爭奇鬥豔，其中還不乏穿著過分暴露的。

啊，或許他還真有點變態。他眯起眼睛試圖將「胸器」看得更仔細，接著腦袋就被人拍了一掌。

「往事知多少。」

那個人接了那句他沒接的詞。

「啊，是洛洛耶！」嘎嘎發出歡呼。「終於來了個會接我話的人了。」

吳灘將目光從那群嘻嘻笑笑的女孩身上收回，意興闌珊的撇了蕭莛洛一眼。

「幹嘛啦？今天不用回家陪家人吃晚餐喔？」

「不用，家人今天要去奶奶家，所以我可以留在市區吃飯，等他們結束後再一起回去。」

蕭莛洛是班上少數大學還與家人同住的人，因為考取的大學就在自己家附近，每次放學他都會被叫回家和家人吃飯。因此只要能留下來和他們這群人一起吃飯時，他都會像被允許晚歸的高中女生一樣格外開心。

「所以你們晚餐要吃什麼？」蕭莛洛臉上此刻正掛著藏不住的笑容。

「去逛夜市如何？」嘎嘎在一旁興沖沖的提議。「夜市裡的麻辣鴨腸和蒙古烤肉都超好吃！」

「好啊！那要不要找7507和7506的人一起去？」

「你當校外教學啊？」看著眼前幾乎能用幸福洋溢來形容的高大男子，吳灕長長嘆了一口氣。

「好啊！我打7506，吳灕打你們7507的。」

不待吳灕回答，嘎嘎直接拿出手機火速約好了7506的全體中文系男子，再次應證了他交際花的名號並非浪得虛名。

面對昨天被他弄髒衣服的人，吳灕還是有些愧疚，因此只得拿出手機撥給差點因為一首詩而殺了他的室友Λ，約好了10分鐘後在校門口集合。

「好啦！現在人都到齊了，我們來抽鑰匙吧！剛剛猜拳猜輸的當司機，交出你們的鑰匙吧！」

嘎嘎在機車棚集合好了一行浩浩蕩蕩10個男大生，先逼著不明所以的全體人員猜拳後，興高采烈的將他的安全帽倒過來，當成了個臨時籤筒，逼猜拳猜輸的人，把機車鑰匙丟進去。

「啊？我們全都是男的抽什麼鑰匙啊？」謝諾以狐疑的看著嘎嘎。

「當省油錢、省油錢嘛！」嘎嘎安撫地說：「快把鑰匙丟進來吧！」

「怎樣都好，快點吧！」

因為開始覺得餓了，所以吳灘掏出口袋的機車鑰匙先丟了進去，在他之後謝諾以、林季晴、室友Ｄ、蕭莛洛也相繼將鑰匙丟了進去。

機車棚中殘留著淡淡波羅蜜的腐爛臭味，所幸氣溫漸涼，這種臭味也變得稍微可以忍受，但仍令人不想停留。

當初學校也不知道是哪根筋不對，竟然在機車棚種這種水果當路樹。

「好啦！都找到自己的司機了嗎？那就戴好安全帽出發吧！」

說完，嘎嘎跳上了室友Ｄ的機車，滿臉愉悅的指揮一群看起來彆扭的大男生上車。

難得這個宅宅願意出來一起逛夜市。看著一旁戴著黑色全罩式安全帽的室友Ｄ，吳灘忍不住想。

「請問，我可以上車嗎？」

吳灘的思緒被不知何時默默站在旁邊的人打斷，那個溫吞的人以一種抱布偶的姿勢將白色安全帽抱在胸前。

他都忘記自己的鑰匙是被這傢伙抽走了。

「上來。」他戴上自己的全罩式安全帽後發動機車。

「好。」

對方慢吞吞戴好安全帽，然後緩慢而謹慎地調整扣鎖的鬆緊。

「方同學，你可以快點嗎？」看著那傢伙的動作，吳灕又是一陣光火。誰不好抽偏偏又是他。

「對不起！」

被他這一吼，方慕湁又嚇到了，連忙將安全帽加速戴好走到了機車旁邊，正當吳灕以為可以騎走時，卻發現對方遲遲不上車。

「又怎麼了？」吳灕掀開安全帽的護目鏡，不耐煩地問。

「我要怎麼上車？」方慕湁小聲地說。

吳灕的機車是舊式的野狼125，較高的車身，如果不扶前面的人很難一腳跨上去，再加上方慕湁的身高不高，大概165上下，因此要是以不觸碰到司機為原則的話，方慕湁根本上不去。

「你扶我的肩膀然後跨上來。」吳灕壓低身子傾向對方。

「不好意思……那就失禮了。」方慕湁一向沒什麼情緒起伏的臉，此刻竟然顯得無比尷尬。

什麼啊?載著一個大男人去吃飯的他,才是那個該覺得尷尬的人吧。

吳灕嘖了一聲,然後意識到方慕沿的手仍搭在自己肩上。

「喂!」

「嗯?」

「嗯什麼,手放下啊,你當幼稚園小朋友在玩搭火車啊?抓後面的桿子。」

「啊,好。」

那雙手抓住後座桿子的瞬間,吳灕油門一催衝了出去,接著便一路加速,好不容易才在道生橋下,看到蕭莛洛那輛白色機車的車尾燈。

老子騎車竟然落在最後,太丟人了。

正當他準備再度提升速度時,後方的人發出細微呼聲,手再度攀上他的肩膀。

「方慕沿,手。」吳灕在轟隆的引擎聲中大吼。

「可是,我怕……我……我掉下去。」方慕沿膽怯的聲音結結巴巴傳來。

肩膀的火,要是被拍熄了會出大事的。

縱使心中千百個不願意,吳灕仍默默的減緩了車速,畢竟前幾天,他老媽還特意打了好幾次電話,來說他今年犯太歲,要小心各種禁忌。

「我減速了，你手放下來。」

「謝謝。」

搭在他肩膀的手終於收回去，身後那個人一陣子沒吭聲，吳灘卻越來越不耐煩，他實在不想再載方慕滄這令人光火的傢伙了，他知道蕭莛洺此刻心情好，要他載誰，他都不會反對的。

「等等回程你去坐蕭莛洺的車，他的比較穩。」吳灘隨便掰了一個藉口。

「好，你真貼心。」

「什麼？」

「我說，你很貼心！車帥人貼心！」

那個溫吞的聲音，努力在引擎聲中大喊。

此時，一陣晚風吹來，陸橋兩側的美人樹粉色的花瓣紛飛而至，霎時間，他倆宛如置身一片花雨中。

看著漫天花雨，吳灘一時迷失了心神。

春城無處不飛花，下一句該填上什麼？

「疊得越高越好的東西，除了鈔票外就是蒙古烤肉的菜盤了。」

陳和小心翼翼的將最後一片高麗菜，輕輕的擺在那已經高得不科學的菜盤上，然後得意的端給一臉認栽的老闆。

這間在夜市中的蒙古烤肉主打只要盤子裝得下，每盤固定價格90元，吸引了諸多大學生來挑戰。

大學生共同的特色：沒錢、時間多、超容易肚子餓。

綜合以上三種元素，這間只要用90元就能吃一頓飽三頓的店，簡直成了附近眾家大學生的愛店。

「我比較喜歡鈔票。」謝諾以在放上最後一葉青江菜時他的菜塔崩塌了，他扼腕的嘆了口氣。「是說，吳灘他們去哪裡了？也太慢了吧！」

「會不會迷路了？吳灘除了人白癡外，還是個超級大路癡。」蔡子琴堆出了一座不輸陳和的高塔，遞了出去。

蔡子琴不常說話，但一旦說話往往會讓人忍不住想聽更多，因為他的嗓音輕輕柔柔的，連講一般的字句聽起來都像在朗讀情詩，而那躲在連帽外套底下的臉，也生得十分白淨秀氣，綜上所述，完全無法將這個人與各項血腥至極的生存遊戲好手做連結。

「你才白癡加路癡！」

吳灘大步走來，身後跟著仍背著過大背包的方慕湉。

「我還以為你把我家方慕洽載去賣了！」

謝諾以迎上前去，主動替準備夾菜的方慕洽拿背包，7506裡最常欺負方慕洽的是謝諾以，最照顧他的也是謝諾以，他們倆熟識的程度，讓班上每個人都以為他們高中就認識了。

「還不是都是這傢伙拖拖拉拉，我快要餓死了，蔡子琴你幫我搞一盤吧，我先去趟廁所。」吳灘邊說邊往後方的公廁走。

「好，你有不要的菜嗎？」蔡子琴朝他的背影大喊。

「不要方慕洽！」

「啊？」菜區的人舉著夾子一臉莫名其妙。「什麼意思啊？」

關上廁所門之後，吳灘用力賞了自己一巴掌。

過路橋後，他與方慕洽一路上沒再交談，但那句「車帥人貼心」卻反覆在吳灘腦中播放，搞得他快瘋了。

那是他人生第一次被這樣直率的誇獎，也是他第一次因為同性的稱讚而感到害羞。

「你的腦子進水了吧，吳灘醒醒吧！他連菜都算不上，最多就是根野草。」他又大聲的說了一次：「沒錯，就是根野草。」

「什麼野草啊？」

隔壁廁間傳來熟悉的聲音，接著那顆行動派的頭便出現在隔板上方。

「幹！張嘉麟你做什麼啦！」吳灘嚇得整個人都彈了起來。

「我在關心同學啊。」嘎嘎露出無害的燦笑，手仍攀在隔板上。

「下去啦！」吳灘拉開門逃出廁間。

果然今年真的犯太歲嗎？不然怎麼今晚老是看見不乾淨的東西。

「所以誰是野草？」看見他離開，嘎嘎嘻皮笑臉的躍下置物櫃跟了出去。

「我拒絕跟變態偷窺狂說話。」

吳灘潑了把水洗去臉上那種熱辣辣的感覺，在手背亂抹了一通後，丟下仍不死心詢問的嘎嘎，往蒙古烤肉攤走去。

蒙古烤肉攤那浮誇的大鐵盤上傳出的陣陣肉香，連隔了一段距離的洗手台這邊都聞得到。

聞到這香氣，吳灘意識到自己真的餓極了。

一定是肚子餓讓腦子不正常了。吳灘安慰自己。聽說人在肚子餓的時候，連野草都能吃，嗯！沒錯一定是這樣，但問題是……我有這麼餓嗎？

「幹！不是啊！老子想吃的是肉，不是草啊！」他對著夜空發出怒吼。

空氣中肉類炙燒過的氣味，伴隨著男大生青春洋溢的怒吼飄散開來，令人光聞就唇齒留香。

難不成他真的有點喜歡那小子？不可能，一定是太少被人誇獎了，所以才會產生那種心跳加速的錯覺。

「你幹嘛吃這麼急啦？」

吳灘無視坐在自己旁邊，皺著眉頭提問的蕭莛洛，繼續埋頭猛吃。

蔡子琴果然不負期望的。給他疊了一座高高尖起的菜塔，吳灘邊扒飯邊灌免費的柴魚湯，他決定要把自己吃到撐死，看看腦子會不會正常一點。

「諾以，我跟你說喔，剛剛吳灘很帥耶。」

在大夥都埋頭吃飯，陷入一陣靜默時，那個溫吞的聲音對身旁的人說。

噗！吳灘嘴裡剛喝下的一口柴魚湯全噴在了桌上，其中還不乏沒嚼碎的飯粒。

「操！吳灘你搞啥啦，噁不噁心啊！」

這次遭殃的是坐在他正對面的室友A賴霖秝，賴霖秝是個可以用可愛形容的男生，他討喜的小麥膚色配上陽光燦爛的笑容，長成這樣的人連冰山都可以融化，據嘎嘎的小道消息，已經有許多高嶺之花在探聽他了。

但那張臉上此刻寫滿了看到垃圾的嫌惡。

這一口帶飯的湯汁讓場面陷入一片混亂，大伙叫得叫、笑得笑，喧鬧聲之中，蕭莛洛默默地放下手上的免洗碗筷，將衛生紙推到嗆咳不已的吳灘面前，又起身替他倒了一杯免費的古早味紅茶，他對這傢伙吃飯時的各種荒謬舉止已經開始見怪不怪了。

「這應該不是我的問題吧！」吳灘邊咳邊回答，他的眼眶盈滿了淚水。

「我就問你這樣噁不噁心嘛！」賴霖秝拿著濕紙巾猛擦著手和臉上的飯粒。

賴霖秝非常討厭吃東西時手或是衣服染上食物的味道，因此會隨身攜帶香香的濕紙巾，以便需要時幫自己和周邊的人擦手。

食物氣味已經夠令他無法忍受，更何況是實體的飯粒。賴霖秝往臉上擦的力道之強，似乎打算不將自己擦下一層皮不罷休了。

「你是受了什麼刺激？」林季晴好奇的問，他坐得離方慕湁比較遠，因此沒聽到他說了什麼。

其實，一大群男生聚在一起吃飯時不太聊天的，往往埋頭猛吃或是各玩各的手機，但因為吳灘這一咳，整個氣氛瞬間熱絡起來。

「他聽到人家誇他啦！」謝諾以竊笑著說。

「原來你這傢伙這麼不禁誇的嗎？」嘎嘎越過桌子一把摟住還在咳的人的頸子。

「看起來很叛逆，原來骨子裡是個靦腆的傢伙啊。」

「放開我啦！」吳瀜好不容易止住了咳嗽，奮力掙脫嘎嘎的手臂。

「同學，原來是會害羞的類型嗎？」陳和推了推掛在鼻樑的長方形的鏡片，一臉興味盎然的看著他。

「才不是。」吳瀜低聲咕噥，準備抬起手臂抹嘴時卻被一包拋過來的濕紙巾打中。

「這包施捨給你，不要用手擦嘴，很噁。」賴霖秝仍是一臉嫌惡。

「好了、好了，再聊下去就會超過宿舍門禁時間了，不是說等等還要去打夜市棒球？你們有寫晚歸嗎？」

眼看拌嘴的兩人又準備要動手動腳了，蕭莛洛連忙打圓場。

「我們7507的我有寫。」林季晴喝著紅茶，對眼前打鬧的場面已經失去興趣。

吳瀜很害羞這件事他打從第一次看見他時就知道了，這個人很不擅長接受讚美或是和異性說話，現在看來連同性也是啊，難怪會萬年單身啊。

「7506的我也寫了。」整起事件的肇事者開口，渾然不覺自己引起餐桌上多大的騷動，手上仍捧著白飯津津有味邊說邊吃著。

「你有寫對門嗎？」從一開始就沒說話的那人，此刻突然像想起什麼似的開口。

「上次你寫到7508，結果我們所有人都被記點了。」

「齁，育寅你不要這樣啦，我這次有寫對……應該有啦。」方慕湉被對方一問有些慌了。

趁眾人的注意都轉到了晚歸單上頭，吳灕悄悄的瞄了一眼，那個正試圖在背包中翻找出第二聯以便自清的方慕湁。

方慕湁留著一頭跟「來自星星的你」裡面的男主角一樣的厚重瀏海，身形纖瘦、身高偏矮，整個人沒什麼記憶點，唯一的記憶點就是那種溫吞又好脾氣的氣質。

「媽的……」吳灕逼自己將視線從「肇事者」身上轉開，抽出一張濕紙巾在手上揉捏，然後又抽了一張抹臉：「他媽的。」

「不要一直講髒話。」蕭莛洛淡淡的說：「你別顧著吃白飯了，還是多吃點肉吧，桌上的肉你一口也沒吃，來吃蒙古烤肉你當素食在吃啊？」

「誰說的，老子平生最愛的就是肉！」

看著再度用一臉想殺人表情吃飯的人，蕭莛洛露出淺淺微笑。

有人負責吃瓜，有人負責種瓜，但也有的人既沒在吃瓜也沒在種瓜。

這就是大學生的日常，如此平凡無聊、華麗無比卻又有點不妙。

最後方慕湁沒找著那張二聯單，所以他們一群人只好吃完蒙古烤肉後便打道回府。

「真是要瘋了……」

此刻已經吃得飽飽，但腦袋仍沒清楚多少的吳灘，戴上安全帽低聲咕噥。

本來回程他都跟蕭莛洛說好讓他載方慕湁回去，但蕭莛洛萬分剛巧的接到家人的來電說與奶奶的聚會結束了，就這樣被徵召回家了。

因此到頭來，那個讓他頭疼萬分的人，依然抱著白色安全帽站在他的機車旁。

「你說什麼？」方慕湁這次一看見他戴好安全帽跨上機車，立刻跟進戴好自己的。

「沒事，上車。」吳灘傾身讓對方扶著他的肩膀上車。「坐好沒？」

「好了，麻煩你了。」

方慕湁溫順地回答完便將手放在後方把手上，但當吳灘催油門時，那雙手又回到了他肩膀上。

他本來打算出聲警告，但轉念一想便放棄了，至少讓方慕湁抓著肩膀就可以不用減速早點到宿舍。

從夜市到他們校區的宿舍是一條筆直的產業道路，現在這個時間點，工業區的人都下班回家了因此路上很少車輛，而沿途遇見的紅綠燈也大多只是懶懶的閃著黃燈。

吳灘喜歡騎機車，更喜歡在夜裡騎車，被夜色包裹著有種令人安心的感受，就像是全世界只有他和拂面而來的風。

「那個……可以再慢一點嗎？」

……還有這傢伙。

「你不喜歡我『騎』這麼快嗎？」吳灘很知道該怎麼欺負老實人，雖然自己也是一點經驗也沒有，但仍故意語帶雙關的問。

「不喜歡，我會怕。」

標準的方慕滺回答。

方慕滺不像他遇過的其他人這麼好逗，大概是思慮單純或只是少根筋。

「但我不怕。」

說完，他提速向宿舍的方向飆去，方慕滺原先扶在他肩上的手瞬間收緊，人也發出了倉促又害怕的嗚咽，這些吳灘都看在眼裡，然而他非但沒減速，反倒將時速升到逼死人的90，這下，車後的人連抓著他肩膀的手都開始顫抖了。

晚風颼颼的在耳畔呼嘯，校門近在眼前了，吳灘再度加速，伏低身子貼著前方機車的車尾滑進了欄杆即將放下的閘門，過了大門後，他猛得一甩尾衝進了機車棚，流暢的將機車甩進了車棚中唯一一個空位。

一氣呵成，完美。

正當他在心底誇獎自己時，突然聽到一陣細碎的啜泣聲，第一時間他以為自己耳朵出問題了，但細聽後，發現聲音是從背後傳來的。

吳灘肩膀一僵，尷尬意識到他把對方弄哭了，直到將鑰匙拔出鎖孔時，啜泣聲仍沒有停止。

「到了。」

他故作鎮定的開口後，就坐在機車上等對方自己下來，因為他沒有那個膽直接轉頭看身後的人。

這種場面他最不擅長處理了。

但後頭的人似乎沒有要下車的打算，吳灘偷瞄了一眼後照鏡，發現方慕湉用掌根抹著眼睛，淚水委屈得不斷落下。

「喂……」吳灘摘下安全帽，露出底下亂翹的黑髮，和自己那張尷尬的臉。「幹嘛哭啦？」

「我很怕啊。」方慕湉邊抹臉邊哭著說。

啊……這時候怎麼辦啊？

吳灘搔了搔頭，以往的經驗告訴他，他很不會安慰人，特別是在哭的人，每次不管他說什麼似乎都只會讓對方哭得更慘。

他用腳跟踢下機車側柱後跨下車，後頭的人仍維持坐在機車上的姿態，抽抽搭搭哭著。

「喂，別哭了啦。」吳灘彆扭開口：「我們不是平安到這裡了，人都沒死，哭什麼？」

「可是差一點就要死了啊！」方慕湁哭得更大聲了。

果然。

吳灘看著大哭的人更加不知所措了。

「好啦好啦，對不起啦！」他將手插進口袋然後撇過頭去困窘的道歉。「我不該騎這麼快。」

方慕湁仍無視道歉繼續委屈的哭著，吳灘只得走向前，用之前不知道在哪裡看過的安撫人方法，將手搭上對方背部輕撫。

「好了啦，不哭。」

肢體接觸到的一瞬，他和方慕湁同時一僵。

媽的！這感覺很不對啊！

吳灘驚覺自己在哪看過了，這不是電視裡用來哄生氣女友的方式嗎？他竟然下意識拿來哄眼前的男大生。

察覺到這點後，那隻手就這麼凝結在對方的背部。

機車上的方慕湁不哭了，臉上的神情變得有些窘迫，吳灘火速抽回手。

這什麼詭異的尷尬點？剛剛像小孩一樣放聲大哭就不尷尬嗎？不過是被拍拍背，有至於露出那個臉嗎？

不是，他為什麼要在意那傢伙尷不尷尬？

他心頭無數思緒像被秋風吹起的落葉般散亂，其中有朵淡粉的美人花綻放又凋萎。

「喂，下車了啦，門禁時間要到了，你不是不能再被記點了嗎？」吳灘看著方慕湉身後的某處說，他窘得不想跟這傢伙對上視線了。

一陣靜默後，方慕湉緩緩開口。

「我下不來了。」

「啊？」吳灘將望向遠處的視線收回，對上了方慕湉那張充滿歉疚和尷尬的臉。

「我的腿都嚇軟了。」

「你這傢伙……」

深夜的校園一陣不知從何而來的秋風柔柔吹過，通往宿舍那條鋪得很爛的柏油路上，有個頭戴黑色全罩安全帽的人，揹著另一個頭戴白色安全帽的人緩步往男宿前進，那一黑一白的安全帽完美擋去了秋風，也擋去了舉止荒謬的男大生臉上的神情。

大學裡的怪人怪事特別多，如果此刻有人經過看見這幕也不會覺得意外，頂多只會替校園怪談中多添一筆安全帽怪談罷了。

秋風繼續吹拂著，這陣風一如年少的心，從何而來要往何處去，無人知曉。

※

自從那次他揹著方慕湉回宿舍後又過了兩個月，這兩個月裡系上辦了無數給大一新生的活動，讓吳灕忙得沒時間停下腳步去整理思緒，這一拖也就淡忘了那莫名焦燥的心情，至少吳灕是這樣告訴自己的。

此刻的他，將全部注意力放在今晚的系鍋兼抽直屬活動。

這次的迎新活動辦在學餐二樓的大型辦桌場地，中文系新生們被系學會告知以8人一組為單位，各組自行攜帶火鍋料於晚間6點到場，其餘外燴將會由系學會全部包辦。大學生最愛這種活動，既可以盡情的吃喝還不用付太多錢，因此新生大多還沒6點就已經到的差不多了，一群人拿著免洗餐具，喜孜孜的夾著堆得跟山一樣高的薯條。

但此時7507最早到場的兩個人，注意都不在食物上頭。

「給我來一個漂亮學姊吧！」吳灕看著一個個為了這次迎新，不畏11月低溫特別打扮的大二學姊，雙掌合十向未知的力量祈求。

「少變態了。」蔡子琴今天依然躲在大外套裡，他低頭專注看著手機，試圖抓住出沒在學餐的限定版皮卡丘。「是說，你放在宿舍大冰箱裡的火鍋料有帶出來嗎？」

「什麼火鍋料？」吳灕一臉茫然的詢問。

「我就知道。」蔡子琴一臉不意外地拿出另一支手機撥給賴霖秝：「你們在哪裡？吳灕忘記拿火鍋料了。喔，好喔，我跟他說。」

掛上電話，蔡子琴看著似乎想起什麼的吳灕。

「賴霖秝叫我告訴你：去你的白癡金魚腦，自己回去拿。」蔡子琴用悅耳的聲音說出這句刺耳的話。

稍早吳灕和賴霖秝被指派去量販店買他們那組的鍋物，跨上機車之際，他一如往常的想將油門催到底，卻不知怎麼地放慢了車速，此舉還引來賴霖秝大驚小怪的反應。

從那之後他就開始有些六神無主了。

當他趴在宿舍的木桌上，恍神想著自己為何如此失常時，聽到蔡子琴說要提早去學餐抓寶，他立刻彈起來跟上，完全忘了冰箱中的火鍋料。

「好啦，幫我占位置啊！不要讓人坐走了。」

吳灕心不甘情不願走下階梯，在被問了幾乎一百次「學弟，你要去哪裡？」之後，終於回到男宿。

「火鍋料在哪裡啊？我記得我放在角落啊！」他蹲在公共冰箱前翻找著。

宿舍怪談之一：消失的公冰食物。

不管有沒有寫名字，那些冰在公共冰箱的食物總是會神奇的消失，而且縱使不死心的調監視器也沒辦法抓到兇手。

「啊！去你媽的公冰怪談！」他原先好不容易壓下煩躁的情緒登時湧現，吳灘起身用力甩上冰箱門。

「唔！」

不知何時站在冰箱門後的人發出驚呼，明顯被他暴躁的舉動嚇了一跳，從對方手上抓著一大包火鍋料來看，他也是被遣來拿食材的。

「方慕滄？」吳灘也被發出驚呼的人嚇了一跳，他驚魂未定地看著穿著白色襯衫配上黑色領帶，活像日本上班族或是葬儀社的人。「你要去打工喔？」

「沒有啦，想說今天抽直屬要穿正式點。」方慕滄不自在的調整了領帶。「會很奇怪嗎？」

看著對方侷促不安的樣子，吳灘才意識到這是他睽違兩個月第一次和方慕滄說話，他們兩間寢室雖然天天一起去吃飯，卻很少像這樣只有兩人獨處。

為了避免再次惹哭對方，吳灘決定轉移衣服相關的話題。

「你有沒有看到我們的火鍋……」

「料」字還沒落下，吳灕便發現方慕洽握在手上的火鍋料袋上，畫著一隻其貌不揚的東西，他立刻認出這是賴霖秝畫的雞塊君，那傢伙很喜歡這隻奇怪的生物。

「嘿！那是我家的火鍋料！」被吳灕這一喊，對方低頭檢視手上火鍋料袋。

「啊，真的耶，我拿錯了，謝謝你的提醒。」

方慕洽慢吞吞的打開被粗暴甩上的冰箱門，拿出他自己的那袋，正準備將手上拿錯的冰回去時，吳灕一把抓住門框。

「你傻了啊，不用冰回去，給我就好了！我人不就在這裡嗎？」看著露出恍然大悟模樣的小瓜呆頭，吳灕有些好氣又好笑。

什麼嘛，原來一點也不尷尬啊。

吳灕暗自鬆了一口氣，原先以為從那次惹哭對方後，獨處起來會很尷尬，沒想到那個讓他心煩意亂這麼久的方慕洽，相處起來與其他同學沒兩樣。

「啊，對耶，給你。」

方慕洽將袋子遞給吳灕，接過袋子時，他們的手短暫地擦過對方指尖。

那一袋畫有雞塊君的火鍋料瞬間掉在地上，結冰的食材們撞上小廚房的磁磚，發出刺耳的「鏘」的一聲。

「對不起！我沒發現你沒接好。」方慕湉關上了冰箱門慌忙道歉。

「沒事。」

吳灕短促說完，抓起地上塑膠袋轉頭就走，留下原地一臉困惑的方慕湉。

「啊，完蛋了，老子的腦子終於在用了19年後出問題了。」

吳灕抓著一大袋火鍋料逃出宿舍，接著一口氣衝到了學餐的頂樓。學餐的頂樓平時沒有人會上來，因此牆上唯一一盞燈早壞了卻沒人報修，吳灕推開半掩的鐵門，一屁股跌坐在女兒牆邊，在一片漆黑中，用掌根反覆敲著過熱的腦袋。

方慕湉不過是碰到而已，反應至於這麼大嗎？你少女啊？有個聲音在他腦子裡不屑地問，那聲音聽起來很像國中的自己。還是你喜歡男生啊？

不，才不是！是那傢伙真是太令人火大了，一定是這樣，所以他才會不爽，才會有電流竄過的感受，一定是這樣的！

「啊！煩死了！」吳灕猛得彈起甩了甩頭，接著又用力甩手。「煩死了！」

「我還在想是哪個想不開的瘋子要跳樓，趕快跟上來看，原來是你。」蕭莛洛從半掩的鐵門探出頭來，一臉狐疑的看著他。「他們說你去拿火鍋料，你怎麼一個人在這裡發瘋？」

「老子來頂樓曬月亮啦。」吳灘一把將手上的塑膠袋拋給對方，然後直接擠過來者朝樓下學餐走去。

他沒料到會有人上來，想到剛剛又蹦又跳的蠢樣都被看見了，吳灘簡直想挖個洞把自己給埋了。

「所以到底是怎樣，你跑來頂樓偷抽菸喔？」蕭莛洛拎著塑膠袋跟在後面，離開前還不忘將鐵門關好。

「黑啦！滿意了嗎？」吳灘走得更快了，他死都不想被蕭莛洛發現自己臉紅。

「騙人，你身上沒菸味。」蕭莛洛突然靠近嗅了嗅他的後頸，這一嗅，吳灘渾身都起了雞皮疙瘩。

「幹！你是狗喔！」吳灘連忙護住後頸，一個踉蹌差點從樓梯上摔下去，蕭莛洛連忙一把拉住他的手。

沒有電流竄過的感覺。肌膚相觸的瞬間，吳灘過熱的腦子察覺這件事，冷卻了下來。太好了，他不是喜歡男生。

那是喜歡方慕湁嗎？

「啊！放手！」腦子忽然又過熱的人，一把甩開了蕭莛洛的手，然後直接一鼓作氣跳下最後三階樓梯：「老子才不需要你照顧！」

「你發什麼神經啊？算了，我懶得管了，你沒有要跳樓就好。」蕭莛洛頓了一下，接著有些遲疑的開口：「你本來要跳嗎？」

「你才跳，老子絕對會活得比你長，然後讓你喊我爸爸！」

說完吳灕一把拉開了會場大門，喧嘩的人聲，轉瞬間吞沒了他與他心中過於吵雜的聲音。

所謂火鍋，就是將所有的食材全部丟進滾水裡，咕嘟咕嘟的熬煮，基本上只要不要太奇怪的混搭，一般來說是不會難吃到哪裡去的，正如古詩裡提到的那句：「百味消融小釜中」一樣，味道是可以互相融合的。但心事不一樣，酸甜苦辣要是全攪在了一顆心裡，那只會變得令人難受。

眾人笑鬧著圍在一起吃得津津有味的火鍋，吳灕卻是渾然無味，連抽到號稱「女神」的學姐時也毫無反應。

「女神」這個稱號，是系上同學們替旭嫿學姊取的，學姊之所以會獲得個稱號，是因為她明明是文科生，卻精通各種電腦軟體應用和維修，而且還在大二時，以極其優異的表現和獨到的編輯眼光，直接被校刊社的大四學長欽點為校刊總編。另外重點中的重點是，學姊長得超正。

深邃如混血兒的外貌，加上穿什麼都好看的豐滿身形，以及那一頭紮在腦後，隨步伐搖曳生姿的長卷馬尾。這就是女神，沒有別的詞彙可以形容了。

吳灘在一片喝倒采聲中，緩步走向臨時用木箱搭建起來的平台。

沿途鍋物的咕嘟聲與喧嘩，讓這一切顯得似真又似幻，他眨了眨眼試圖將目光專注在自己的腳步上，但從鍋中散出的騰騰白煙後頭，似乎總有著方慕湉的身影，和那張被惹哭後又破涕為笑的臉。

吳灘記得揹著方慕湉穿過校園時身後傳來的體溫，也記得兩個人在舍監嚴厲的目光下被迫摘下安全帽後，對方臉上那明知做錯事卻又覺得好玩的天真笑顏。

啊，真是要瘋了，都記這些什麼鬼東西？吳灘臭著臉步上平台。

「喂，學弟，抽到我就這麼沮喪啊？」

這個半開玩笑的聲音，將他拉出了心中那逐漸漫開來的五里霧，吳灘眨了眨眼第一次看向說話的人，與那雙含笑的眼眸對上的瞬間，陽光乍現。

「學姊好！」

這聲好簡直可用響徹雲霄來比擬。

※

有時候，人總會莫名其妙的湧起想向他人吐露一切的衝動，總想要有個誰來聆聽那個心煩意亂的自己。

「啊？怎樣？」

吳灘踢開林季晴伸過來戳他小腿肚的腳，摘下耳機沒好氣地開口。

今天外頭下著滂沱大雨，因此所有的人都窩在狹小的宿舍裡。

由於中文系下午沒課了，ACD三人正在連線打電動，而EF兩位輔資系的室友則埋首準備明天的隨堂考，聽說是場攸關生死的考試。

秋風伴隨著秋雨從窗縫吹了進來，這棟老舊的宿舍完全擋不住那種滲入骨子的霉味和寒冷。

吳灘討厭下雨也討厭心煩意亂的自己。

上週抽完直屬後他的心情就一直起起伏伏的，沒一刻能安歇，那些煩躁一來是因為人人稱羨的超正學姊，二來是方慕湁。

系鍋結束後，他、方慕湁和蕭莛洛正式被編入二家。

當晚吃完了令他食不知味的火鍋後，二家學長姐決定帶他們幾個新生去附近的麻辣燙店續攤，但蕭莛洛家有門禁，沒辦法跟他們一起去，因此就只剩他和方慕湉兩個新生。

為了端正心神，續攤時吳灑故意選了學姊身邊的位置坐。

那間麻辣燙的店面不大，狹小的用餐區突然擠進了一群大學生，為了能全部入座，所有人幾乎是肩貼著肩坐，這樣的距離，使得吳灑可以聞到學姊身上帶著好聞的墨蘭香氣，除了人長得好看又好聞外，學姊的說話時尾音會微微上揚，好聽極了。

這樣的女生，根本就是他夢寐以求的女神，他現在就在天堂啊。

吳灑正打算整場宵夜都沉浸在這難得的幸福中時，方慕湉突然打了個大噴嚏，這個噴嚏將他打回現實，而現實就是，他和一群幾乎不認識的學長姐，擠在一個又熱又吵又小的地方，等著吃傳說中會讓人拉三天的地獄辣。

他凶狠看向打斷自己美夢的人，但坐在對面的方慕湉，此刻正笨拙地在書包裡撈衛生紙，完全沒有意識到自己正被人惡狠狠地怒視著。

給老子抬頭，看著我謝罪啊！

吳灑在心底中二的咆哮，接著下一秒，像是感應到他的心思，方慕湉突然抬頭，兩個人的視線就這麼在一片嘈雜聲中撞在一起。

吳灘的心漏跳了一拍。

「怎麼了？」

方慕淓用唇語問他，白皙的肌膚因為吃辣沁出一層薄汗，雙眼噙著淚，嘴唇也因為吃辣而紅彤彤的，像上了層唇彩。

在意識到自己的心又漏跳了一拍後，吳灘連忙故作淡定，給了一臉問號的人一個兇惡的倒讚後，便低下頭假裝滑起手機。過了一會，確認對方開始跟一旁的學長搭話時，才抬起頭，用力抹了一把臉。

他覺得自己應該是熱出幻覺了，不然怎麼會覺得那個溫吞鬼可愛。為了確認，吳灘又偷瞄了一眼坐在對面的人，但再看一次的結果並沒有比較好，只是再次確認了方慕淓長長的睫毛，配上如深潭般的墨色雙眼這個組合，真的是太他媽的好看了的事實。

就在這一晚，在覺得一個男生可愛的這一晚，吳灘發現自己不得不正視那個一直被他刻意忽略的問題了。

吃草還是吃肉？

「啊屁啊，你的電話啦！」林季晴收回腳，用同樣不耐煩的聲音回他。

看來他們那場電動打得很不順，一向淡漠的林季晴難得心情這麼毛躁。

吳灘沒再繼續招惹對方，順從地起身走到市話旁，一臉狐疑地接過泛黃的話筒。很少有人會打寢電給他。

他默默地思索了一下自己最近有沒有惹事，卻怎麼也想不起來這一週到底發生了什麼事，所有的思緒全混成了一團。

「你好。」由於不確定對方是誰，吳灘客氣地開口。

「喂？下來接我。」話筒那端傳來聽起來有點耳熟的聲音。

「請問你是？」

對方頓了一下，這種令人感到壓力的停頓方式太有辨識度了。

「啊，蕭莛洛。」吳灘恢復了正常說話方式。「幹嘛？下午不是沒課，你怎麼沒回家？」

「下來。」蕭莛洛掛上電話。

看著被掛斷的話筒，吳灘嘆了口氣。

人家都說他流氓，明明蕭莛洛才是那個最大尾的流氓。

他隨手抓了一件披在椅子上的寬鬆黑色帽T，嗅聞了一下，確認還可以穿後便套了上去。

「我去大廳一趟，你們要什麼嗎？」

無人回應，只有冷雨滴答的打在窗上。

吳灘又嘆了一口氣，抓起桌上的手機和鑰匙離開7507。

宿舍大廳中擺著幾張似乎與建築物年代相同的老舊木製長椅，那個最大尾的流氓此刻正端坐在長椅上，手上捧著兩杯從超商買來的咖啡。

「給你。」

雨夾著風從一點也不嚴實的大門外透了進來，感受到陣陣寒意，吳灘縮起了頸子將手插進棉褲口袋中。

相較於穿著邋遢帽T和夾腳拖的吳灘，蕭莛洛儀表端莊的像是來自另一個星球。此刻這個外星人將手上的東西遞了過來。

「這什麼？」

「看就知道是超商咖啡了吧？」蕭莛洛一臉理所當然。

「我知道是咖啡啦！」吳灘搔了搔頭，意識到自己已經煩到連話都講不好了。

「我是問你幹嘛跑來給我咖啡啦。」

「你喜歡熱美式不是嗎？」蕭莛洛一臉「這裡有傻子」的表情看著他，拿著咖啡的手仍舉著。

「我是喜歡啊。」吳灘只得接過咖啡，咖啡的熱度穿過薄薄紙杯透了出來。

「那就沒問題了，坐著喝吧。」

蕭莛洛拍了拍自己身邊的空位，那樣子簡直就像在自家客廳邀請客人坐下的主人。

出於沒別的事好做，吳灘便依著對方的指示坐下了。

兩個人捧著咖啡默默地喝了一陣子後，蕭莛洛緩緩地開口：「因為你看起來很煩。」

「沒頭沒尾的說啥啊？」吳灘放下剛湊到嘴邊的咖啡。

「你問我幹嘛不回家，我現在回你，因為你看起來很煩。」

吳灘沒接話，目光看向手中的咖啡，方才因為太燙口了他將杯蓋掀開喝，此刻那深黑的液體清晰地映照出他那張快哭出來的臉。

他的確是煩得不得了啊。

「怎麼了？」蕭莛洛放軟了聲音。

「哪有怎麼了？」

這份心情該怎麼訴說？

外頭的雨下得更大了，蕭莛洛仍看著他。

有誰可以聽我說？

吳灘猛得起身，仰頭一口乾了咖啡，將那張映在杯裡的頹喪臉孔和著滾燙液體大口嚥下，接著將手上的空杯揉成一團，以投籃的動作拋入一旁的垃圾桶，然後大步往大廳門口走去。

「你去哪？」蕭莛洛被他突如其來的行動嚇了一跳。

「去淋雨！」

說完，吳灘一把推開大廳的門衝入滂沱的冷雨中。

有時候，人總會莫名其妙的湧起想向他人吐露一切的衝動，總想要有個誰來聆聽那個心煩意亂的自己。

但更多時候，只能選擇去狠狠淋一場冷雨。

※

在秋風秋雨的澆灌下，那個衝入雨中的人理所當然感冒了。

那天覺得已經淋夠雨的吳灘緩緩從操場走回來時，發現蕭莛洛仍等在宿舍門口，手上掛著一條從販賣部買來的大毛巾。

他就這樣披著毛巾站在男宿門口，像個小學生似的被蕭莛洛臭罵了一頓，但那個高個也沒罵多久，再揍了他濕漉漉的腦袋一拳，給了他一條C錠後，便把他趕上樓去洗澡。

然而，縱使有毛巾、有熱水澡、有蕭莛洛給的維他命C，他仍在深夜時發起高燒，這一病，就是一個禮拜。

倒在宿舍那張難睡木板床上的日子裡，他發現自己常常想起方慕滄。

今天外頭陽光燦爛，不同於一週前的陰雨綿綿，秋老虎發揮了，但他仍躺在床上，陷在感冒引起的反覆高燒中。

「啊，好想喝水……」

吳灘躺在上鋪看著斑駁的天花板咕噥，那杯室友在離開前替他倒的水就在書桌上，但他卻連下床拿的力氣都沒有。

「不知道大家都在幹嘛？」

想到此處他突然劇烈咳了起來，好不容易緩過來後，吳灘緩緩閉上眼睛。

「不知道他們什麼時候回來，好無聊啊……」

正當吳灘恍神地思考晚餐要吃什麼的時候，突然察覺身旁各式聲音不知何時越來越遠，好像被大水一點一滴吞沒，他掙扎著試圖保持清醒，但眼皮卻像灌了鉛般，不管多費力就是睜不開。

幹，我要掛掉了嗎？我還沒決定好要吃什麼啊！

叮咚！

門鈴？

現在這個時間點大家應該都是上課了，怎麼會有人按門鈴？還是死神要來帶我走了。他意識不清地胡亂想著。

叮咚！叮咚！咚咚！

媽的，這個死神也太吵了吧！

吳灕猛得睜開眼睛。

持續不斷的高頻門鈴，終於讓他脫離這種宛如深陷水中的狀態。

「7507有人在裡面嗎？」

方慕湁？

那個溫吞的聲音和急切的門鈴聲呈現極大的反差，吳灕費力將自己從床上拖起，然後手腳並用的從上舖爬了下來。

「幹嘛？」他一把拉開門，靠著門框穩住自己顫顫巍巍的身軀，努力以最正常的聲音說話。

門外的人穿著袖長超過手掌的灰色棉T配上刷破牛仔褲，一看到他立刻劈哩啪啦地說了一串話。

「我的錢包、手機和整串鑰匙掉在火車站了，我從車站散步回來才發現它們不見了，我現在沒機車又沒手機，連剛剛進宿舍都是尾隨人家進來的！我敲過7506但都沒人回，所以我……啊，怎麼辦！那是我所有的家當啊！」

這是吳灕看過方慕滄說話最快的一次，但他還來不及讚嘆，便發現對方再度哭成了淚人兒。

「喂！你先冷靜點。」吳灕舉起手阻止對方亂七八糟地講個沒完。「別老是要哭啊，一個大男人的哪來這麼多眼淚。」

「可是……怎麼辦啊？」方慕滄被他這一斥喝，絞著手用哭腔可憐兮兮地詢問。

「你說是掉在火車站還是火車上？」

其實他更想問的是這些東西是要怎麼一起忘記拿。

吳灕眨了眨眼，努力從一大片混亂的思緒和高燒中，拼湊出最清醒和友善的自己。

「火車站的購票處。」

聽到方慕滄篤定的回答後，吳灕沒再說話，回頭抓起放在桌上的車鑰匙，接著大跨步走出房門。

「吳灕？」他虛浮的腳步被對方察覺了，方慕湁遲疑的跟在他身後詢問：「你沒事吧？」

「沒事。」

才怪，他躺了太久的床，此刻連路都走不好了，老實說，吳灕也不知道自己為什麼這麼拚，明明打通電話給其他人，他們也可以幫忙，又不是非他不可。但他就是不想讓眼前這個一臉焦急的人再多等一秒鐘。

「我載你去車站，我騎車的時候，你先用我的手機打去車站問。」

由於吳灕的身高大約187左右，比方慕湁高上許多，因此當他大跨步時，方慕湁得用小跑步才跟的上。

「快一點，到底是誰的東西啊？」

明明想了又想的那個人終於出現在眼前，他卻仍擺出了以往那種不耐煩的態度，畢竟，他也不知道該用什麼方式面對方慕湁，只得選擇最常用的那種。

「好，我知道。」方慕湁也依然是用慢得令他胃疼的方式回應。

他們一起穿過秋日的暖陽再次來到機車棚，吳灕將自己的安全帽交給方慕湁。

「我沒有第二頂，你就將就戴我的吧。」說完他跨上機車，轟隆隆發動了引擎。

「上車。」

「好……」方慕湉的聲音有些膽怯。

「嘖，我會騎慢點的啦，別拖拖拉拉的，越早去越有機會趁別人撿走前拿回來。」

吳灕努力壓抑著陣陣暈眩，還有因方慕湉突然出現而引起的慌亂思緒。

他覺得自己的心跳得飛快，簡直就像是被人換成了一隻不斷鼓翼的鳥。

什麼時候開始這麼在意那傢伙的呢？是那次新生茶會嗎？還是上次去夜市？或是揹著他穿過大半個校園時？他不記得了，只知道回過神，發現目光所至之處全都是他。

真是太他媽的奇怪了吧。

「好。」聽他這樣一說，方慕湉立刻戴好安全帽跨上機車後座。「那個……吳灕，謝謝你。」

「要道謝，等找到再說吧。」

說完他便專注在維持定速上不再開口。

他倆沿著學校外的鐵軌一路驅車前行，風拂過鐵軌兩側的稻田，騰起片片金燦的稻浪。這陣風除了捲起稻浪，也帶來了那人身上淡淡的薄荷檸檬草香氣。

吳灕分神看了一眼後照鏡，鏡中映出方慕湉將手機緊張兮兮地貼在耳畔，一副快哭出來的模樣。

那句梨花帶淚就是在形容身後的人吧。

突然車身震了一下，在他分神看後照鏡時，機車輾到了產業道路上的碎石差點打滑，吳灘連忙用力咬了一口嘴內肉，讓自己回神。

就在這時手機傳來中年男子爽朗的笑聲。

「原來那是你的啊！我給你收起來了啦！同學你的東西要收好啦，等等過來服務台拿！」

「太好了！謝謝您！謝謝！」方慕湉在連聲道謝中掛上電話，原先泫然欲泣的臉轉瞬陽光普照了起來。「吳灘你有聽到嗎？站長說幫我收起來了！」

「嗯。」

吳灘冷淡嗯了一聲，他察覺自己的體力透支到只要再多說一句話，大概會往不該去的地方去了，緩慢的車速加上大病未癒，開始讓他有點吃不消了，如果現在出車禍死了，他一定會因為還是單身而死不瞑目變成厲鬼的。

「喂，跟我說話，不然我會睡著。」他在引擎聲中，朝身後的人大吼。

「為什麼會睡著？」困惑的聲音從身後傳來。

「跟我說話就對了！」

「要說什麼？」

「我哪知啊，你說就對了。」

「哪有人這樣啊？」困惑的聲音變成了委屈，方慕湉頓了一下開口：「你喜歡什麼飲料？」

這是什麼快問快答的爛問題啊？

雖然明明是他要求人家說話的，但聽到的當下仍是感到陣陣不耐煩，但幸虧這樣，他混沌的腦子也清楚了點。

「咖啡、綠茶、啤酒。」

「那喜歡什麼食物？」

「雞肉、牛肉。」

「料理方式呢？」

「你要煮給我吃喔？問這麼多幹嘛？」

「我想買給你吃，報答你騎機車帶我來車站。」

那個人老實的承認了，明明應該要覺得老套的，但吳灕心裡卻湧起了一股甜滋滋的喜悅。

「謝謝你，還有對不起給你添麻煩了。」

「沒事，找到東西就好。」因為對方的聲音有些歉疚，他只得放柔了聲音再多說上兩句。

「真的，好險有找到，謝謝你幫我，你人真好，我們明明不熟。」

「誰要跟你熟。」

這次吳灕在心底給自己過熱的腦子潑了一桶冷水，沒再搭話。但那握著機車油門的手卻逐漸收緊，直到指節泛白。

火車站到了，他在路邊臨停讓方慕滄自己去服務台拿，然後故作輕鬆的抬手示意那個頻頻回首的人趕快去。

對方的背影終於消失在視線之時，吳灕立刻摀著嘴劇烈的咳了起來。

啊……是啊，是不熟啊。

他在想什麼，他們明明也只是一起吃飯的同班同學關係而已。

我們明明不熟，但我為什麼想跟你變熟啊……

※

「欸，吳灕。」

這節是論語，也是今天的最後一節課，台上的教授十分熱情地講著天人合一的精神，但此刻吳灝覺得自己的眼皮才是那個快要合一的東西。

載方慕湁去車站回來後，他煩得沒有一天睡好，造成體力和免疫力更差了，那場在大雨中染上的感冒，就這樣拖過一個月又一個月，一直沒有康復。

真是得不償失。吳灝在腦中罵了自己無數次。肖想吃什麼雜草，一點營養也沒有，果然還是只有女人適合老子，老子要在大學開後宮！

「你現在看起來超蠢的。」坐在他身邊的蔡子琴繼續輕聲細語，打斷了他內心中二的宣言。

「媽的，你才蠢，」因為鼻水流不停的關係，吳灝直接將衛生紙塞進鼻孔，以這樣的造型度過了兩節課。「信不信我把衛生紙塞你嘴裡。」

他們學校的課桌椅是兩兩相併的，因為賴霖秝和林季晴總是形影不離，所以他也就自然而然的跟蔡子琴坐在一起。

蔡子琴雖然宅了點，但個性也算沉穩安靜，就是語不驚人死不休這點每次都讓人猝不及防。

「欸，你看那裡有一個看起來比你還蠢的。」坐在他們身後的嘎嘎戳了戳吳灝的背。

教授催眠般的聲音配上老生常談的論語，再加上威力更強的連續七節滿堂課，破壞力堪比核彈。

此刻二十幾人的教室中大概只剩下5、6個人維持正常神智在聽課，其餘的瞌睡的瞌睡，神遊物外的神遊，還有他們這些自詡為「社會觀察家」的吃瓜群眾，在死寂的課堂上東張西望找瓜吃。

吳灘和蔡子琴順著嘎嘎指的方向看過去，發現方慕湉將他的超大背包抱在胸前，就這麼枕在包包上睡著了。謝諾以則壞心的將一張不知道寫了什麼的便條紙，貼到他的背上，然後朝正在看著的他們比了個噓的手勢。

「聖人啊，原來那背包是這樣用的！」蔡子琴悄聲讚嘆。

「我比較好奇謝諾以寫了什麼。」嘎嘎瞇起眼睛試圖看清楚紙上的字。「吳灘你那邊比較近，你幫我們看一下。」

「這種無聊事老子才不幹。」

吳灘將額頭直接抵到了桌上，任憑身旁和身後的人在他背上戳來戳去也沒抬起。

自從回來與方慕湉共處在同一個生活場域中，他一直覺得內心深處有某個東西正在一點一滴腐敗。

或許是那隻鼓翼的鳥吧。

畢竟從那天之後，他已經很久沒有感受到心臟躍動時的那種怦然。

「欸，那你幫我傳這個過去。」嘎嘎將一張對折的小紙拋到他大腿上。

「不傳。」吳瀰抖抖大腿將紙條震落在地，趴在桌上悶著頭說：「你國中生啊，還傳紙條勒，等等的劇情是不是老師要給你收過去大聲朗……」

「同學，你的東西掉了喔。」

那個催人入眠的嗓音不知何時站到了他身旁，吳瀰立刻從桌面上彈起，剛好看見那個好脾氣的教授撿起地上的紙條好奇端詳。

「教授，那不是我的。」

他連忙澄清，原先遭受核彈攻擊的班上同學不知為何在這一瞬間全醒了。

「老師小時候也很常幫其他人傳紙條，真是懷念啊，像這種時候要是被老師抓到，他們總會把紙條打開來唸呢，那我也來試試看好了。」

教授慈眉善目的臉配上惡魔般緩緩打開字條的動作，讓吳瀰忍不住嚥了口口水。

但轉念一想，他為什麼要緊張？這張紙又不是他寫的，但這樣的想法在下一秒直接被顛覆。

「『阿諾，你在吳瀰的好基友背後寫蛇麼？』」教授用麥克風對著安靜無聲卻又清醒不已的眾人大聲朗誦。「同學你什麼的什寫錯字了，不是蟒蛇的蛇喔。」

不，教授，你的重點完全擺錯位置了啊。吳瀰無語看著老教授對錯字露出一臉不以為然的神情。

此刻台下仍是一片靜默，除了那個仍抱著包包呼呼大睡的人外，其餘的人全都轉了過來盯著坐最後一排的他看，而他的鼻孔還塞著兩捲衛生紙。

明明不是他寫的字條，為什麼社死的人卻是他啊！吳灘哀莫大過於心死地垂下頭，不過至少教授沒……

「對了，什麼是基友啊？」

大學生的生活，就是這麼安靜無聲又清醒無比。

「好啦，別生氣啦，我請你吃晚餐！俗夠大碗好不好，隨便你點。」

秋日傍晚，下了課的五點氣溫微涼，道生橋兩側的美人樹上殘存的幾朵不甘凋零的花，此刻也顯得無精打采、搖搖欲墜。

嘎嘎跟在明顯在氣頭上的人身旁頻頻道歉，而7507和7506的吃瓜群眾則慈眉善目的跟在嘎嘎後頭。

他們這幾天放學都會慣性往機車棚的方向走，在月初大家都是有錢人的時候，沒有人想吃難吃的學餐。

「好啦，吳灕，你就讓他請吧，你不是很愛那間的鴨肉乾麵線嗎？」

蕭莛洛今天又不用回家吃飯了，他萬分渴望能與他們一同外食每一餐，因此便主動退出吃瓜群眾，好聲哄著氣頭上的吳灕。

「我也喜歡吃，這攤嘎嘎請，我們就一起去。」賴霖秝嘻皮笑臉的將臂膀勾在林季晴和蔡子琴身上，拖著一臉覺得麻煩的兩人湊過來。

「好！今晚我請客！」

嘎嘎眼看越來越多人退出吃瓜群連忙答應，身為交際花的他一點也不想要跟人起衝突，特別是吳灕這個小流氓。

「不當司機我就去。」一直悶不吭聲的吳灕頓了一下開口。

「好，我載你！」蕭莛洛立刻接話。「那吳灕跟我去後門牽車，我們等等直接店裡見囉！」

果然又是那個能夜歸的女高中生的樣子。

吳灕嘆了口氣再沒多說什麼，轉身緩步跟在雀躍的大高個身後去後門牽車，因為蕭莛洛沒有申請校內停車證，所以機車不能停在大家停的波羅蜜那一區。

看著眾人有說有笑的往前車棚移動，連方慕洽也不例外時，吳灕的煩躁感再次湧現。又是一個平凡無奇的兩寢餐聚時刻，只要當成這樣就好了，別多想就不會出亂子。

吳灘戴上蕭莛洛給的西瓜皮安全帽，沉著臉站在白色的機車旁，等著發動機車時，蕭莛洛突然出聲。

「別那個臉。」

「啊？哪個臉？」吳灘一臉不明所以的仰頭看著前方的人。

「那個快哭出來的臉。」蕭莛洛的聲音低低的。「你到底在想什麼啊？說出來我可以幫你啊，我們不是朋友嗎？」

蕭莛洛的嗓音很好聽，雖然與蔡子琴那種文人優雅的音色不同，但比起蔡子琴，這195公分的人聲音中，有股令人說不出的安心感受，就像能揣在懷中的溫玉。

或許說了，就不會這麼煩悶了吧。

「我……」

吳灘張口欲言，就在此時原先被片雲所掩的白月，安靜無聲地出現，位在教育館後門的車棚只有一盞路燈，昏黃的路燈將柔和的月光襯得更加明亮。

一陣秋風吹來，將滿地的落葉捲向空中。

吳灘的視線隨著落葉飛起，短暫停留在秋月之上，又隨墜落在地的葉回歸塵泥。

他將護目鏡再次掩下。

「我在想，真是他媽的好個天涼秋有月啊。」

第二幕：電話中的男子

勇敢。

小時候，勇敢是為了自己鼓起勇氣去做某件事；長大之後，勇敢變成了為了他人不去做某件事。

10點鐘開始的那場雨仍下著，零星路過街邊的車輛，淡黃色的車燈，像流星般切開雨幕後又轉瞬消逝。

照理說應該要覺得冷，畢竟十二月天裡的第一波寒流在今晚降臨，此刻室外體感溫度僅有9度。

但他什麼也感受不到，不管是冰冷的雨珠或是深夜刺骨的寒意。

男人抬手接住了一滴從髮梢滴落的雨珠，晶瑩剔透的水珠，在街燈下折射出異樣的光彩。

那包買來只抽了三根的七星超淡和黃色打火機，被隨意放在了浸飽了雨水潮濕的石階上。

如果用對的語氣搭配流利的陳述，縱使是第一次買菸，超商店員也不會投以好奇的眼光。

交貨、刷條碼、結帳。

正當男人出神地望著水珠時，電話鈴聲響起，他從溼透的牛仔褲口袋裡撈出手機。他看了名字後點開通話，就這麼將手機貼著耳朵，靜靜地等對方先開口。

「……喂，你在哪裡？」話筒另一端，有個聲音故作輕鬆說著。

「我在家樓下的超商，怎麼了，小孩哭了嗎？需要我回去嗎？」

「沒有，他們很乖。我是想說，如果你想喝酒，我也是可以陪你喝的，我在家等你買回來一起喝。」

「啊……」男人斟酌了一下語句，「沒關係，我散個步，等等就回去。」

「這樣啊，好吧。」

那個聲音有些許的落寞，但除此之外並沒有多說其他寬慰語句，他不怪對方，畢竟她也不知道他怎麼了。

「嗯，晚安，妳先睡吧，天冷別等我。」

掛上電話後，男人望向身旁被雨水浸濕的菸盒，他伸出手正想再點上一根時卻遲疑了。

「罷了，奠祭用的，三根就夠了。」

他一收掌將雨珠緊緊握住，可是那剔透的水珠仍沿著指縫滑落，墜入無邊漆黑。

小時候，勇敢是為了自己鼓起勇氣去做某件事；長大之後，勇敢變成了為了他人不去做某件事。

像是，再也不去愛。

第二章：冬有雪

人生太過於迷惘的時候時就喝酒吧，至少這樣還可以寬慰自己：我是醉了，而不是迷惘了。

「吳灘，你要發多久的呆，換你喝了啦！」嘎嘎朝那個出神看著耶誕燈飾的人彈了個響指。

這間名為「槍與玫瑰」的酒吧位在正中區，正中區的地理位置比較偏山，從學校騎機車過去最快也得花上半個小時，但這次宵夜攤的成員沒有那些慢吞吞的傢伙，只有7507的飆仔和他們愉快的夥伴、交際花嘎嘎、晚歸「高中少女」，這次蕭莛洛的家人又恩准他外出了。

提到7507的飆仔，非蔡子琴和吳灘莫屬，他們在那條通往山區的產業道路上，以超過時速80的車速，不要命地載著嘎嘎和賴霖秝向前狂飆，蕭莛洛則是因為家住附近的關係單獨前往。

最後，他們只花了15分鐘就到了，應該要半小時才可以抵達的「槍與玫瑰」。

「喝就喝。」吳灘舉起面前插著一根芹菜的紅色調酒一飲而盡，接著抽出芹菜喀擦喀擦啃了起來。

「我覺得那根東西不是拿來給你這樣吃的。」蔡子琴一臉興味盎然看著對面啃芹菜的人。

「我就想吃，怎樣？」看見吳灘一副要幹架的模樣，蔡子琴笑著做出投降手勢。

「來喔，點下一RUN。」

嘎嘎一口乾了自己杯中的柯夢波丹，興致沖沖地拿起酒單研究，吳灘則咬著芹菜尾巴湊到嘎嘎身旁看酒單，似乎仍有些介意被說發呆這件事而故作積極。

「是說，吳灘你不覺得喝血腥瑪麗很適合配薯條嗎？」與他喝同一款調酒的賴霖秝正在物色炸物菜單。「我點一份派對大薯大家一起吃如何？」

「隨你，我沒意見。嘎，幫我點藍色珊瑚礁。」

吳灘研究完酒單後坐回座位，雖然刻意擺出不在意的模樣，但目光仍不時飄向那掛在牆面上的燈飾，那是一圈由槲寄生和LED燈構成的耶誕花圈，此刻他的腦中全是槲寄生代表的寓意：開放索吻。

大一新鮮人生活最精華的前三個月，就這樣在耗在喜歡方慕湁與不喜歡方慕湁這件事上不明不白下度過了，連一個女孩子的吻也沒索到，更不用提差點愛上男人這件事。

一想到此處，吳灘忍不住打了個哆嗦。

唯一慶幸的是蕭莛洛那次離開車棚後，便再也沒有纏著他問那些有的沒的問題，與方幕飴也沒有更多單獨的接觸。

畢竟我們不熟。

吳灘拿過蕭莛洛面前幾乎沒動的梅酒灌了一大口，將這句話硬是嚥了下去。

我們的確不熟。吳灘在心中大聲告誡自己：我們也沒必要熟。

「有人很渴喔！」嘎嘎笑著在酒單上圈圈點點。「那我們點快樂壺好了！」

「我要血腥瑪麗的快樂壺。」賴霖秝開心地說。

吳灘有預感等一下薯條來了，那個薯條控一定會用薯條沾血腥瑪麗吃。

「欸，你們知道我最愛哪種酒嗎？」嘎嘎像想起什麼似的嘻皮笑臉。

「什麼酒？」蕭莛洛配合的問。

他酒喝的極慢，從進店裡到現在已經一個小時了，除了被吳灘喝了那大一口外，蕭莛洛面前那杯梅酒，他最多也只啜了一口，人也是裡面看起來最清醒的。

「吳灘和女神學姊長長久久！」嘎嘎邊大笑邊亂搥了吳灘一通。

「啊？你是阿伯喔，少在那裡說這種土味情話了。」吳灘揮開嘎嘎的粉拳，極度不屑啊了一聲。「況且我和學姊又沒有在一起！」

「嘿？我以為你們在一起了耶！」賴霖穌用一種日劇會出現的誇張語調說。

「我也以為！上次社團你不是加了校刊社？」嘎嘎幫腔之餘仍不忘招手喚來服務生，點好了所有人的第二杯。

「林季晴、蕭莛洛還有賴霖穌也都加了啊，你怎麼不說他們跟學姊在一起？」

「你乾脆把所有人都點一次好了。」賴霖穌拿起杯中的芹菜試探性地咬了一口，然後又一臉噁心的放回去。

「全世界只有你看不出來學姊喜歡你吧！」嘎嘎站起來用力拍了一下桌面，引來了周遭客人的注目。

「媽的，你冷靜點，全世界只有你看得出來學姊喜歡我。」吳灘將明顯有些醉意的嘎嘎推回座位。

「我也看得出來。」賴霖穌正打算繼續說下去的時候薯條來了，他的注意力便全心全意轉移到了香噴噴的薯條上。

「我也看得出來。」蔡子琴笑盈盈地接過話。

「他媽的，你們一個一個都有病啊？」吳灘像叼菸一樣叼著薯條，一臉鄙夷的看著嘎嘎和坐他旁邊的蔡子琴。

「別否認了！我們昨晚明明看到你跟學姊兩個人，單獨在行政大樓前的圓環講話！」嘎嘎捧著新上來名為「環遊世界」的調酒，仰頭一口悶完大聲喊著。

「啊？這年頭講話就是談戀愛啦？」吳灕也不甘示弱的提高音量，然後指著坐在一旁又喝了一口酒後便沒再說話的人。「那我跟蕭莛洛那次獨自在機車棚講話，是不是也是談戀愛啦！」

「對啊！」

嘎嘎沒來得及說話，蕭莛洛突然站了起來，不顧眾人驚愕的目光直接走到了同樣驚嚇不已的吳灕身邊，一把抓住他的手，直接來個十指緊扣。

「我們在談戀愛！」

蕭莛洛俯身吻上了吳灕的雙唇，而那個吻，很法式。

大學生的生活就是如此平凡迷惘又總裁無比。

吳灕記得第一次遇見蕭莛洛的那天。

之所以會記得，是因為那天的蕭莛洛站在教室前門，給大家開了一整天的門。

新訓的第一堂課就是早八，吳灕和同為中文系的室友賴霖秝等人，一起走在道生橋上，準備去另一端的人文館上課。途中尚未混熟的眾人，在抱怨完早八之後便不知道該聊些什麼，因此有些尷尬的避開彼此視線默默走著。

直到那聲早安讓他們登時抬起頭。

「早安！吃早餐了嗎？」

蕭莛洛充滿記憶點的195身高映入吳灘眼簾，被那高大且逆光的身影籠罩的壓迫感，讓吳灘瑟縮了一下。

「啊……早……我吃過了。」

在他被搭話的同時，7507室友們已經從他身後悄悄溜進教室。

「那就好囉！祝你有快樂的一天！」

蕭莛洛露出堪比萬里晴空的燦笑，朝拉開的門作出了一個「請」的動作。

那時他和其他人都以為他是學長，直到他跟他們一起進到教室，他們才知道這個人跟他們同一屆。

吳灘也記得當蕭莛洛拿出隨身攜帶的筆記本，將大家的自我介紹抄下來時那種震驚的心情。

他早就忘記自己三個月前說過什麼蠢話了，但可想而知一定是某些又蠢又中二的發言吧，可蕭莛洛竟然將這種垃圾話記在自己的本子裡。

這人有病吧。

當下他是認真這樣覺得。

但之後從每一次尷尬的早安到習以為常的一起上下學，他發現蕭莛洛只是因為怕住家裡的自己，與宿舍的眾人格格不入才會如此的積極，不管是對交朋友還是班上各項事務，他都用百分百的精力在面對。

蕭莛洛對人溫柔對事細心，簡直是好到無可挑剔的一個人。

因此吳灕對蕭莛洛的評語變成了：這人認真過頭了吧。

認真的人是他最不擅長應付的類型，因為他自己就是個全然不認真的人，或者該說，直到目前為止的12年求學生涯，他沒遇過想認真的事或是人。

中文系曾是他唯一的執著，然而好不容易進來之後，卻也失去了這份狂熱。

既不覺得追求的過程美麗，也不覺得到手的東西多麼不得了，這點體悟讓吳灕頓時失去方向。

既然追尋到手的東西終究比不上過程，而過程有時候也不是那麼令人滿意，這樣不斷追著某個東西向前的人生，不是太可笑了嗎？

因此十九歲年紀輕輕的本該飛翔的他，不再追尋未來也不去尋求他方，開始讓自己的人生得過且過了起來。

直到看見方慕淞的眼淚才讓他再次有了感覺，當初那種在追尋時的害怕與迷惘，久違的清晰了起來。

吳瀰討厭迷惘更討厭害怕。

這種需要動腦的事情他一點也不想要去懂，他只要想讓人生這樣就好，得過且過就好。

但偏偏此刻並不是能得過且過的狀態。

「蕭莛洛！你衝三小！」

吳瀰甩開了蕭莛洛的手、起身掀翻椅子、揪住對方的衣領，三個動作如同那句髒話般一氣呵成。

「幹，這是老子的初吻啊！」

一生一次的初吻就這樣被這個莫名其妙，連酒都不算喝得上一口卻發酒瘋的人奪走了。他真的差點就哭出來了，差那麼一點。

「怎樣？你不想跟我在一起是嗎？好啊！這裡人多得是。」

蕭莛洛也沒打算懺悔，反倒負氣似的衝向最近的嘎嘎朝對方的嘴吻了上去，接著又鬆開嘎嘎，一把將賴霖秝拉過來狠狠吻了一口，最早發現苗頭不對的蔡子琴，在蕭莛洛注意到他之前，就已經先跑去廁所躲起來了。

看著另外兩個人死命地用袖子抹嘴的樣子，吳灘意識到自己不是現場唯一一個被奪走初吻的男人，他轉悲為喜，抱著肚子笑到直不起身。

「你真的特他媽的天兵啊，蕭莛洛！」吳灘笑到眼淚都流出來了。

「現在不是笑的時候吧！吳灘你快把他拉開啦！」

賴霖秝用哭腔大喊，因為此時蕭莛洛仍攬著他的肩膀試圖再吻他第二次，而嘎嘎如同昏厥般面向下趴在桌上，唯一還醒著的吳灘當仁不讓，踉蹌衝向前，一把從背後擒抱住蕭莛洛，將他往後拉開。

「我要打給林季晴！」賴霖秝一臉怨懟地看著被吳灘鎖在雙臂中的蕭莛洛，拿出手機撥號：「林季晴！我跟你說！蕭莛洛他發酒瘋了，他……」

此時他看見吳灘七手八腳的比畫著，便順著對方的「手語」說了。

「他跑去馬路上躺在地上……然後不起來！」

直接打壞他名聲，看蕭莛洛這下子怎麼做人！正當吳灘為自己的天才計劃興高采烈時，懷中的人卻發出了打呼聲。

不就兩口梅酒而已，是要怎麼醉成這樣？

吳灘不敢置信地看著在自己臂彎中睡著的蕭莛洛。

「他睡著了喔？」不知何時從廁所歸隊的蔡子琴湊到他身旁悄聲問。

「同學，你很不夠義氣喔。」吳瀨責難的說。

「我為什麼要讓自己的初吻被這樣莫名奪走啊？你能舉出合理的理由我就搖醒他。」蔡子琴一臉玉石俱焚。

「先不要！」吳瀨連忙阻止。「你還是先坐下吧，我打電話給他的家人，請人來接他，啊，他的手機勒？」

吳瀨將手伸進懷中人的褲子口袋裡胡亂翻找，睡得迷糊的蕭莛洛發出模糊的抗議聲。那帶著磁性的呢喃傳入吳瀨耳中，勾起一股連他也沒料想到的悸動。

懷中抱的是一人，但腦中猛然浮現的，卻是另一人。

啪！一聲清脆的巴掌聲響起。

「哇靠，突然賞自己一巴掌是哪招？你的腦子也出毛病了嗎？」賴霖秝掛上電話一臉戒備看著吳瀨。

「有蚊子。」吳瀨簡短地回了一句。

心臟劇烈的膞動著，耳中全是血流沖刷過的聲音。

吳瀨硬是壓下了這份悸動，從蕭莛洛屁股口袋撈出手機，用對方的手指解鎖後，就把呼呼大睡的人棄置在地板上。

他可沒有好心到對奪走自己初吻的傢伙溫柔體貼。

點開螢幕後，桌面是一幅和樂融融的全家福照片，吳灘找到通訊錄假裝專心看著，但其實一個字也沒進到腦中。

要是沒即時賞自己那一掌，他還真不知道會出什麼亂子。

「找到了沒？你偷看人家秘密喔。」蔡子琴湊了過來一起看手機。

「我是在想如果打給他爸媽，他會不會被罵到死然後永遠禁足啊？」吳灘暗自慶幸自己機靈的反應能力。

「讓他死好了。」

確認吳灘腦子沒毛病，蕭莛洛也睡死後，賴霖秝再次用袖子狠狠抹過嘴唇，接著洩憤似地開始大把大把吃桌上的薯條。

「同意……」嘎嘎虛弱的聲音飄了過來，有別於之前的假死狀態，雖然仍將臉貼在桌上，但他開始泣不成聲哭了起來：「我寶貴的初吻啊，蕭莛洛去死啦！」

中文系也太多處男了，被親的三個裡面，就有三個連初吻經驗都沒有。

吳灘邊想邊選了名稱是「我最親愛的弟弟」這個看起來比較人畜無害的聯絡人，按下撥號鍵。

蕭莛洛這個會準時回家的乖乖牌應該也是處男，不知道蔡子琴是不是。

「欸，你是不是處男啊？」吳灘用手拐了拐蔡子琴，就在同一時間電話接通了。

「什麼意思？」話筒那頭傳來青澀的嗓音。「你是誰？我哥哥呢？」

「啊！沒事沒事！對不起，我不是在跟你說話啦！我是蕭莛洛的大學同學。」蔡子琴和賴霖秝在一旁陷入無聲的爆笑，吳灕朝幸災樂禍的兩人送了個中指。「你哥哥在……餐廳睡著了，有人可以來接他嗎？」

顧及到那個聲音聽起來很像國中生，吳灕自動將酒吧切換成餐廳。

「我二姊還醒著，我請二姊聽電話，她應該可以去。」

接著，吳灕聽到話筒被手掌蓋上的悶聲，以及那個青澀的聲音大聲的跟另一個人說：「姊，剛剛那個人說是哥的朋友，還問我是不是處男。」

吳灕用足以殺人的力道試圖抹去臉上尷尬的神情，接著又惡狠狠的瞪了一眼仍陷在無聲爆笑中的兩人。

「喂？你是誰？我哥呢？」這次的聲音聽起來是個警戒心十足的女孩。

又一樣的問題，那個小子沒傳話啊？吳灕只得壓下滿腔的不耐煩再講了一次。

「我知道在哪裡，10分鐘後到。」對方說完便逕自掛上電話。

他無言看著被掛斷的手機，這對兄妹是不是都有掛人電話的習慣啊？

「你問未成年是不是處男啊，真是變態，像你這樣不檢點的人，應該要被抓去關！」

「喂？警察先生，我要報案！」蔡子琴故作正經的用手掌貼著耳朵。「『槍與玫瑰』裡有一個猥褻未成年的變態。」

「你們他媽的等一下都不要給我跑！老子絕對要幹爆你們。」吳灘齜牙咧嘴試圖扛起地上的人，無奈身形差距加上那個人睡得跟屍體沒兩樣，他一個人根本扛不起來。「廢物！來幫忙扛啦，他妹等等就要過來了。」

「我來吧。」這時候一個冰冷的嗓音在他們身後響起。

雨和雪最大的差異在於溫度，空氣中的水氣冷卻到攝氏零度以下時就會化成雪，此刻「槍與玫瑰」降下了今年冬天的第一場雪。

他們一行人連趴在桌上的嘎嘎，都抬起頭看著聲音的主人。

林季晴穿著黑色飛行夾克，伴隨著比戶外冷風更冷冽的表情站在他們身後。

「林季晴，你……你不要生氣嘛。」賴霖秝怯生生地說：「我們剛剛只是開個玩笑，蕭莛洛沒躺馬路上啦。」

「是啊，他四肢健全好好的躺在地板上。」吳灘也幫著說，方才那股要殺人的氣勢全然消失無蹤。

林季晴的性個一向不慍不火，除了那次新詩報告外，吳灘沒看他生氣過。但就是像這樣的人生氣起來才更加可怕，雖然吳灘享受小打小鬧的氛圍，但完全不想澈底惹惱朝夕相處的室友。

因為他知道自己除了不擅長安慰人之外，也不擅長把話講開。要是惹了身邊的誰生氣了，除了卑微地等對方氣消外，他想不到更好的辦法，偏偏他也不是那種能夠卑微太久的個性。

「我沒有生氣，只是把半小時的山路飆成15分鐘，然後發現自己被一群喝得跟智障一樣的人給騙了的這個事實而已，我真的沒有生氣。」

林季晴輕而易舉拉起地上的人，將他扛到肩上往外走去，到門口時頓了一下，轉頭露出微笑交代：

「你們留在這裡別出來，不要讓人家家人見笑話，等等要回來，叫計程車回來，要是敢自己騎機車回家，會不得好死喔。」

暴風雪遠離了，但他們仍像被冰凍似的凝結在原地。

「欸。」蔡子琴對身旁一臉大難臨頭的吳灘輕輕欸了一聲。

「衝啥？」吳灘雖然恢復了流氓口吻但仍不自覺地降低音量回應。

「我不是處男。」

「那你還說……你的初吻？」吳灘目瞪口呆看著白白淨淨的蔡子琴，後者朝他眨了眨眼。

「做某些事的時候，不一定要接吻，畢竟初吻很珍貴啊，不能隨隨便便就這樣被嚐走了。」

蔡子琴輕笑著伸出食指，朝自己的雙唇點了一下。

在動手之前，吳灕發現現場理智線沒裝保險絲的人不只他一個人。

那壺被眾人掀翻的快樂壺，現在看起來一點也不快樂了。

※

夢，是潛意識的碎片，是現實的浮光掠影，是一層染著慾望的薄霧。

吳灕做了一個夢，夢裡光線昏暗，他不知道自己身在何方，也看不清對方的長相，只記得那份無以名狀的迫切渴望在心中逐漸膨脹。

「你想要我嗎？」

那個人的聲音軟糯軟糯又甜滋滋的，聽在耳裡，他忍不住嚥了口口水，而那張嘴說話時，輕啟的唇感覺特別特別的柔軟。

霧更濃了，包圍在周身的濃霧此時竟散出誘人遐思的香甜氣息。在霧中，他不知為何竟想起被溫熱的唇舌觸碰到的感覺，而那感覺很舒服。

夢裡的人捧起他的臉，雖然彼此之間的距離拉得這麼近了，但他仍看不清那張臉。

「看著我的時候，你想要我嗎？」

他像是被催眠般傻傻點了點頭。

那個人伸出手下向探去，那一瞬，從下方傳來的悸動，讓霧裡那張臉孔登時澄明。

吳瀟嚇得睜開眼睛。

印入眼簾的是有著壁癌的灰色天花板，和那支風量過大又吵雜的巨型電扇。

那電扇不開時熱得要死，開了睡在正下方的他又會冷得要命，但此刻他很慶幸自己睡在離電扇最近的地方，因為他極度需要散熱。

吳瀟原先想一把掀開被子，但在最後一刻明智的選擇讓被子嚴實的留在身上，畢竟裡頭的狀態看起來很不妙啊。

他滑開放在枕頭旁邊的手機，現在時間凌晨5點。

「這什麼鬼時間。」吳瀟咕噥抱怨。

昨天他們一群人因為在「槍與玫瑰」裡頭滋事被轟了出來後，便乖乖照約定坐計程車回來了，但不甘心初吻被奪走的三名男子，硬是拉著唯一一名倖存者到附近的7－11買酒續攤，直到3點多才解散回宿舍。

喝到最後，他連自己是怎麼躺回這張床都不記得了。

雖然累得要死但吳灕沒膽再睡，因為那個夢實在真實過頭了，他害怕自己一旦閉上眼睛就會再次回到夢中，繼續把剩下的事情做完。

他不想要，一點也不想要。

「媽的，方慕淞你沒事到老子的夢裡來幹嘛啦！是死了來託夢喔。」他將手機隨手拋回枕頭邊，盯著壁癌試圖讓自己跳得飛快的心冷靜下來。

先前的每一次他都可以說服自己是錯覺，但這個夢他沒辦法假裝是別的，這就是個天殺的春夢。

「啊！不行不行不行啊！」吳灕將臉蒙進被子裡發出哀號。

「媽的，吳灕你很吵耶！」下鋪的賴霖秝用力踢了一下他的床板。「不睡，你就滾去外面！」

「拍謝啦！」他壓低聲音道歉，賴霖秝咕噥了一聲又繼續呼呼大睡。

聽著室友再度傳來的打呼聲，吳灕覺得自己焦慮到沒辦法在床上多躺任何一秒了，但被窩裡的狀態仍不適合出門，所以他開始想未來的人生和畢業後的去路等，這種需要動腦的嚴肅問題，結果瞬間就萎掉了。

看來他的身體很誠實的應證了，他討厭需要動腦的事。

吳灕掀開被子，輕手輕腳的爬下梯子，離開了7507。

凌晨的校園籠罩在大霧中，空氣聞起來又潮濕又冰冷，這個時間點連校舍都在沉睡。

「只有你這個神經病不睡。」吳瀰邊埋怨邊打噴涕。

出門時他忘了穿外套，此刻身上僅穿著一件薄棉T、球褲和夾腳拖，面對撲面而來的12月冷風他忍不住打了個哆嗦。

行政大樓前的全家已經開始營業了，他加快腳步走入超商點了一大杯熱美式，店員似乎也沒睡醒，一杯美式做了老半天才送到他手裡。

在等的期間除了覺得自己要被活活冷死外，他發現自己真的很討厭溫吞的人，討厭的要命。

因為，他們每一個都讓他想起方慕淤。

前天在學餐，他前面排了個緩慢點餐的傢伙，因為身形和髮型的緣故，他以為又是方慕淤，所以毫不客氣地朝對方「啊」了一聲，結果那人一臉困惑的回頭，他才發現根本不是，而且對方還是個女孩子，窘得他無地自容；又例如，大前天上通識課時，第一排有個抱著黑色大背包睡著的傢伙，他也以為是方慕淤，所以毫不客氣的一掌拍了下去，結果發現是新來的助教，所以他這學期的通識極有可能已經被當了。

諸如此類的事件層出不窮，最後竟連夢裡也充滿了那傢伙的影子，明明上次載他去火車站後，除了寢室聚餐外就沒交集了，怎麼還是會一直不斷出現呢？

「你的熱美式好了。」店員的聲音聽起來比鬼還沒生氣。

吳灕故意不說謝謝就接過咖啡，他就是個這麼無聊的人，就連一點連反社會都稱不上的小事，他都能從中獲得幼稚的愉悅。

他捧著熱咖啡到落地窗前的位置坐下，灌下咖啡的瞬間，他覺得自己死裡逃生了。

吳灕吁了一口氣，趴在吧檯前看著外頭的濃霧受風吹拂而移動的軌跡。

跟夢裡的場景一模一樣呢。

他出神地看著。

如果一切都可以被濃霧吞噬該有多好，連同夢、連同這份莫名其妙的心情，最好是連他一起吃了吧。

「啊，煩死了。」他將臉埋進臂彎。

「吳灕？」

咖啡和酒最大的差別在於，一個讓人神智清醒一個讓人迷亂，而它們的共同點在於兩者都使人心跳加速。但吳灕清楚知道此刻心像瘋了一般加速的原因，完全不是因為這兩者。

一直都不是。

他的目光隨著被汗濕透的白色棉T底下，一雙軟綿綿、感覺手感很好的球體，搖啊晃啊的，連心神也跟著上下起伏。

「學弟，你這麼早起啊？」

似乎有個聲音從遠方傳來，但吳灘沉浸在從那副柔軟身軀上散出的墨蘭花香中，沒有答話。

這一大清早，他在夢中遇到的、感覺到的一切都顯得極不合理也很不對，但那件真理褲就不同了，底下露出的那雙覆了層薄汗的大腿，讓一切都合理了。

這就是和平，這就是真理，我的神明大人來救我於水火之中了。他感動得差點沒雙掌合十。

「哈囉？學弟？」

「啊！學姊早！」那個遙遠的聲音再喊了一次，這次吳灘終於回過神，連忙放下咖啡站起身。

學姊的身高以女生來說算是高的了，大約落在168上下，但吳灘一站起來她就變得不得不仰望他了。

「學弟你還是坐下吧，仰頭看人久了，脖子很酸的啊。」

吳灘連忙照辦，戰戰兢兢看著女神學姊拉開他身旁的吧檯椅坐定，扭開手上的瓶裝運動飲料灌了一大口，然後發出豪邁的嘆氣聲。

「啊！晨跑完這樣灌下一大口真是舒服。」女神學姊用手臂抹了抹嘴，然後挑起一邊眉打量著他。「學弟，你忙著盯我的胸部，還沒回答我的問題啊。」

「我沒有！」吳灘連忙矢口否認。「我只是還沒睡醒，眼神沒對焦而已！」

「這樣啊。」學姊眨了眨眼露出調皮的神情。「那大腿又該怎麼說？」

吳灘羞得臉都紅了，面對學姊凌厲的問話他完全招架不住。

「對不起！」他連忙起身朝身旁的人鞠了90度的躬。

「不用鞠躬道歉啦，跟你開玩笑啦！坐下吧！」學姊大笑了出來。

真是個愛捉弄人的神明大人啊。吳灘搔著頭尷尬坐下，但心裡還是美滋滋的。連笑聲都很好聽的神明大人。

「你睡不著啊？」

「嗯，睡不著。」

面對女神好奇的打量，吳灘輕巧帶過，總不可能告訴對方他害怕繼續做春夢吧，一想到此處，他的蕩漾心神又暗淡了下來。

他真的不想啊，明明天涯這麼多芳花，為何他偏偏得去在意方慕湉啊？

「這樣啊，我剛成為大一新生的時候，也很常因為不習慣而怕得睡不著呢。」學姊收回放在他身上的目光，望向外頭因太陽出來而逐漸消散的薄霧。「你知道我後來怎麼做嗎？」

「怎麼做？」吳灘傻傻盯著女神輪廓深邃的側臉，在乍現的晨光照耀下，學姊身上顯現出某種神性。

如果一直困擾他的問題有獲得解答的一天，大概就是此刻了。

吳灘虔誠看著學姊，但或許不是那麼虔誠，他的目光仍在不該停留的地方停留了片刻。

「睡前至少喝三杯以上。」女神轉頭露出燦笑，還洋洋得意豎起了三根手指。

「啊？」吳灘忍不住啊了出來，那種像是流氓要找人打架時的挑釁聲，他本來沒打算在學姊前顯露出來的。

「哇，學弟你平常看起來斯斯文文的，原來骨子裡是個流氓啊？」

「我不是流氓啦。是說，學姊有晨跑的習慣啊？」吳灘連忙轉換話題。

「有啊，第一次晨跑我記得是在第一個睡不著的清晨。」學姊支著頭思索了一下。

「大概就像今天這個時間點吧，校園被濃霧籠罩，所有原先線條分明的邊框都被模糊了，那感覺很像置身在夢中，而這場夢裏只有我一個人是真實的，所以我想成為誰或是做什麼都可以，這份快樂令我貪戀，我想這就是我晨跑的原因，因為我貪戀著夢中沒有線條的自己。」

學姊說這些話的時候眼神很遙遠，與平時那個超新星的形象不同，此刻的學姊給人的感覺有些悲傷。

吳灘垂下頭看著自己掌心。

沒有線條的自己是嗎？夢裡想成為誰都可以是嗎？如果僅僅是在夢裡，發生了也沒關係……嗎？

意識到自己的思緒兜了一大圈最後仍兜回方慕湁身上，吳灘有些焦躁。

這三個多月經歷的一切起伏像場永無止盡的夢，而夢的終點不知為何總是同一人。

他受夠了。

吳灘抬起頭看著身旁的女神，此情此景不知是夢還是現實，但他不想管這麼多了，他捧起面前麗人的臉龐，吻了上去。

人一生僅有一次的初吻，要獻給最愛的人。

雖然老派，但在這19年的單身歲月裡，吳灘一直是這樣相信的。

國、高中時期，他也暗戀過幾個同班女孩子，但卻都沒有勇氣告白，最大的原因在於覺得如果告白失敗的話很蠢，而且也有損他的一世英明。

因此在這些青澀的歲月裡他總是不經意的愛戀上某個人，然後又放任這份感情無疾而終，雖然有些失落但久了也習慣了。

習慣喜歡上一個人但沒有然後的感覺。

可是初吻跟喜歡不同，初吻代表的是另一種層次的東西。

初吻是愛啊。

肉體實質上的交給另外一個全然信任的個體，與之接觸的瞬間，想必是十分值得紀念的時刻吧。

吳灕幻想過無數次自己初吻的場景。

那必須是在一棵開著花的樹下，對方踮起腳，昂著頭，閉上眼，此時會有一陣風吹來，花雨紛飛，而他將會完美獻出自己人生中第一次的吻。

但現實是總是殘酷的。

他人生中第一個吻，被一個185公分高的人不明不白地奪走。對方還強硬以十指緊扣他的手，攔腰摟住他，最後粗暴的吻了上來，那是個猝不及防又帶著梅酒香的強硬之吻。

男子漢的初吻就這樣被另一個男人奪走了。

這個大概是他這輩子想都沒想過的事情。

他的初吻，沒有開花的樹、沒有女孩在風中紛飛的長髮，只有一個天殺的臭男人。

但人生中的第二個吻，是自己主動進攻的。

這個吻，有著運動飲料的葡萄柚香氣，和墨蘭花誘人的芬芳。

女神學姊有著所有他心目中女孩子該有的特質：香香的、軟軟的，長得宇宙霹靂無敵正的臉和身材。

此刻這個畫面，要是給國中或高中甚至是國小的他看到了，想必絕對是會忌妒到牙癢癢的吧。

縱使這樣，吳灘還是覺得哪裡不對勁。

是花樹嗎？還是那陣風？還是紛飛而下的花雨？

正當他胡思亂想的時候，女神學姊緩緩的退開，打斷了他的思緒，也讓他意識到自己做了多麼大逆不道的事。

「哇啊！學姊，對不起！」

吳灘從座位彈了起來跪在地板上，那個動作慢吞吞的店員倒是沒錯過這一刻，此時正撐著臉頰興味盎然地看向這邊。

吳灘此時也顧不了這麼多了，他跪在地上，呈現一個向神明磕頭謝罪的姿勢。

「我罪該萬死，對不起！我不是故意要親妳的！對不起！」

吳灘你他媽的到底在想什麼才會去親人家學姊啊！精蟲衝腦也不該如此，腦子有病啊！他邊責罵自己邊朝地板磕了幾個響頭。

這期間學姊一直沒出聲，吳灘跪在地上不敢起來，只能偷瞄了一眼仍坐在吧檯椅上的人。

學姊修長的指尖緩緩拂過自己紅潤豐腴的雙唇，像是在評鑑他的吻一般。

看到這個動作吳灘突然想起自己沒有主動親過任何人，該不會他的吻功很差勁吧？

「學弟，我說啊。」學姊慢悠悠的聲音傳來。

「是！」吳灘連忙垂下眼看著地板。

「我原先以為你只是流氓，沒想到你還是個會突然索吻的變態啊。」

「對不起！我是變態流氓！」

吳灘連忙閉上眼，跪在地上又磕了個響頭。

現在學姊給他安什麼罪名他都會心甘情願的認了，吳灘將眼睛睜開一條小縫，赫然發現學姊已經滑下高腳椅，蹲在他旁邊，一雙深褐色的大眼帶著笑意看著他。

吳灘手足無措的向後退，卻被自己的拖鞋絆了一下，最後跌坐在地上。

此時超商湧進了第一批早起的大學生，冷清的生意突然熱鬧了起來，在熙攘的人聲下，吃瓜的店員也只能拋下正在吃的瓜，回去櫃台算御飯糰和熱咖啡的錢了。

「那個吻，我不討厭喔。」學姐傾身靠向吳灘，在他通紅耳畔留下輕語。

等等，不討厭，等於喜歡嗎？

「欸，同學，你可以借過嗎？」不耐煩的聲音讓他登時跳回現實世界。

吳灘察覺自己擋在了放飲料的大冰箱前，眼前站著五六個看起來一臉不耐煩的男生，而學姊的身影已經消失在人群中。

他連忙起身，一把推開面前的人追了出去，完全忽視身後傳來的陣陣咒罵與抱怨。

他想知道，不，他必須知道那句不討厭究竟是什麼意思？

當吳灘好不容易奔到門口，卻發現早已沒有學姊的蹤跡。

猶豫了一下後，他選擇了女宿的方向跑了過去。

運動完總得洗個澡再去上課吧！

他邊跑邊想起學姐身上的香味。

剛運動完還那麼香，洗了澡還得了啊……

就在他分心胡思亂想時，與某個迎面而來的人撞了個滿懷，那個人單肩背著的大背包掉在地上，裡頭的物品散落一地。

「媽的，你走路不看路啊！」吳灘吃痛跌在地上，手掌被柏油路擦破了，痛得他直接罵了出來，完全沒意識到自己才是那個走路不看路的人。

「對不起，你沒受傷吧。」

那軟糯軟糯又甜滋滋的聲音，最終還是穿越了重重迷霧傳入他耳中。

「啊，你的手都破皮流血了，得去保健室塗藥才行。」

吳灘抬頭，對上方慕湉生得特別好看的大眼。看著那雙眼，他的腦中響起了夢中人說過的那句話。

「看著我的時候，你想要我嗎？」

「不用了！」

吳灘甩開方慕湉伸來的手，自己站了起來，臭著臉將流血的手插入球褲口袋，狠勁十足的回答對方，但最主要是回答自己內心的聲音。

「是說，你這小子為什麼不看路啊？要是老子今天摔斷手，醫藥費你出啊？」

他生硬地轉開視線，朝位在道路最末端的女宿望去，試圖找出有著一頭長捲髮的身影，但卻什麼也沒瞧見，反倒那棟位在超商旁的男宿，湧出一堆看起來像沒睡飽也沒洗澡的男大生。

神遙不可及但人就在前方，這下該怎麼辦啊？

吳灘收回視線臉色更加難看了，方慕湉被他這一瞪露出委屈的表情。

「不然，這個給你用吧。」方慕湉從大背包的夾層變出ＯＫ繃遞了過來，眼看吳灘沒有要接的意思，他只得再默默收回去。

「明明是你自己撞過來的，害我東西都掉了。」方慕湉委屈時的聲音更慢吞吞了。他今天穿了一件米色的圓領毛衣，毛茸茸又蓬鬆的衣服，襯得他整個人更加人畜無害。說完，他無視往來的人潮，蹲下收拾滿地散落的書籍和文具。

「啊？是你的書包拉鍊沒拉好吧，怪我？」

吳灘站在原地，走也不是留也不是，最後只得繼續看著那人慢慢收拾，不看還好，這一看他整肚子的火都要燒起來了。

方慕湉每撿起一樣東西，就得先吹去上頭的灰塵，然後仔細檢查，才收進書包裡。現在的時間已經到了上早八的時間，他們相撞的這條柏油路是去超商買早餐必經之路，睡眼惺忪的大學生們陸續從宿舍晃出，眼看熙來攘往的人群就要一腳踩在方慕湉散落一地的潔白筆記紙上，吳灘連忙蹲下以最快的速度從某人的腳下搶救出筆記紙，然後又光速抄起各式掉落的課本揣入懷中，瞬間就收好了所有的散落物。

此時方慕湉才剛收好他的鉛筆盒。

「喂！拿去啦。」吳灘將手上一大疊東西督到對方面前。

「可是上面有灰塵……」方慕湉小聲地說。

「啊？」

吳灕不敢置信的喊了一聲，對方卻誤以為他沒有聽清楚，加大音量又說了一次。

「我說上面有灰塵！」方慕湉對他說話的樣子像是對著一個重聽老人。

吳灕深吸了一口氣閉上眼。

神啊，原諒我一時鬼迷心竅，我還是做您的信徒吧。以此為開頭，他在內心默默的進行了一場讚頌女神的告解。

「吳灕，你怎麼了？」方慕湉困惑地問。

「手給我。」吳灕睜開眼，以命令的口吻開口。

「手？」方慕湉仍是那副溫吞的模樣。

「對！你的手！不然腳喔！」

聽到他不耐煩的語氣，方慕湉順從的伸出手，吳灕直接將懷中揣著的東西一股腦全倒進了方慕湉的手上。

「有灰塵啊？自己舔掉啦！」丟下這句話後，他大跨步加速離開那個令他心煩意亂的傢伙。

果然那個夢也是錯覺，他媽的腦子竟敢耍我，光看著就生氣的人，怎麼可能談得上喜歡啊！

吳灘邊找尋女神學姊的身影邊憤怒地想。

此時手上突然傳來陣陣刺痛，他停下腳步將手抽出口袋，發現上頭多了道長長的擦傷。

這種程度貼ＯＫ繃可以解決得了嗎？光傷口本身就比ＯＫ繃大了，那個傻子在想什麼啊？

他朝身後瞥了一眼，發現方慕湁將手上一大堆雜亂的東西，放在路旁的石桌上，默默用面紙一個一個地擦拭。

吳灘皺起眉頭，看著那個惹他厭的小瓜呆頭紅著眼眶獨自坐在桌旁，本來打算要離開的腳步，一步也無法邁開。

不管他的話，照這個速度擦到明年也擦不完，等等上課好像要點名……

吳灘站在原地焦躁地搔著一頭亂髮，如果能讓三千煩惱絲平順的話，那腦中那些剪不斷、理還亂的情緒是不是也能平復？

最後，他一甩手，仰天大喊了一聲「幹！」，在路人驚愕的目光中，轉身走回方慕湁身邊。

「啊，太好了，終於擦完了。」

方慕湁放下髒兮兮的面紙一臉滿足。

「謝謝你，吳灘，你真是個好人呢。」

一早在寒風中當了半小時的清潔志工，最後還得被發好人卡嗎？

「不，千萬不用謝啊……」

吳灘盯著那張漆黑斑駁的面紙開始懷疑起了人生。

「怎麼可以不謝啊，謝謝你！你人真好，上次載我去車站，這次幫我收東西，雖然是你撞掉的。」

「啊？還說啊？」

由於一點也不想聽到好人兩個字，吳灘開始將桌上的衛生紙球們揉成一團然後走到不遠處的垃圾桶丟掉，他回來時發現方慕湁朝他調皮地笑了笑。

「不說了。」方慕湁做出了一個拉上嘴巴拉鍊的的動作。

「知道閉嘴就好。」

如果方慕湁是個遲鈍的大傻瓜，那他一定也是，不然怎麼會不斷的討厭著，卻又無法移開目光。

吳灘將受傷的手隨意地在褲子抹了一下。

算了，就這樣吧，不管它一陣子後就不痛了，就跟以往每一次受傷一樣。

一陣風吹來，那棵種在路旁的小葉欖仁，枯黃的葉子隨風飄下，就這樣在陽光燦爛的清晨下起了金燦燦的雨，吳灘仰頭看著這場葉雨。

如果隨風紛飛落下的不是花而是葉，那這樣的初吻，是否仍會有感覺？

吳灘的目光看回面前仍笑著的人，然後下意識的，說出心底那句一直很想對喜歡的人說的話。

「我們一起去上課吧。」

然而方慕湉卻露出欲言又止的表情，捕捉到這抹一閃而逝的神情後，吳灘深吸了口氣又重重吐掉。

「開玩笑的，你自己去吧！老子要回宿舍了。」他轉頭要走，方慕湉卻一把拉住他的衣角。

「等等，你要去哪？今天上課不是要點名？」方慕湉回一臉驚慌：「你是要先回宿舍換衣服再來嗎？」

「換衣服？」

吳灘低下頭，發現自己仍是從7507被趕出來的穿著，原來欲言又止的點是這個嗎？

「我本來想換，但被你一說不想換了。」他維持嘴硬。「怎樣？我不能這樣上課嗎？」

「不是不能，只是感覺有點冷啊。」方慕淞支支吾吾回答。

「才不……」冷字還沒落下，他先打了個大噴嚏。

「果然，我就覺得看起來很冷，等我一下！」

方慕淞又開始在後背包中翻找，接著變出一條黑色的圍巾，然後不顧他的抗議直接把圍巾圍上他的頸子。

「給你圍著吧，這下就不用回去換衣服，可以直接趕去點名了，我們現在一起走過去剛好！」

好看的眼睛、又笨又呆的笑臉、溫暖的關懷。

為什麼老子的燈火闌珊處站著的，偏偏得是這個最不該出現的人啊？

確認對方開心走在前方，領頭上了道生橋後，吳瀨將臉埋進圍巾，圈在頸上的圍巾傳來方慕淞身上的氣息，那縷淡淡的薄荷檸檬草香氣縈繞在他的鼻腔中，久久不散。

※

離水

「欸，吳灘。」

蔡子琴壓低的聲音從旁傳來，吳灘停下正在寫的筆記，同樣壓低了聲音回答：「衝啥？」

「你現在看起來超蠢的。」

「怎樣你有意見喔？」

此刻正在講台前講課的是大學國文的教授，上了年紀的教授高高瘦瘦還戴了副過大的黃框眼鏡，那副眼鏡讓他整個人看起來跟貓頭鷹一樣，而且不僅外型，他連聽力也好得跟貓頭鷹一樣。

「第一排最後一個和他旁邊的那個，上課不要講話。」

教授淡淡的一句話，讓原先在拐來拐去的兩人，立刻乖得像兔子般端正坐好，拾筆狂寫筆記。

直到下課鐘響起教授離開，兩人才恢復了原先的狀態。

「你幹嘛穿短袖、短褲然後戴圍巾啦。」蔡子琴咬了一大口早餐的三明治，邊嚼邊說，他的頸上圍了一條長長的藍色針織圍巾。

「要你管啊？你不是也戴圍巾嗎？」

吳灘闔上了史上最認真寫的一次筆記，然後拿起剛剛再重新買的熱美式，小口小口啜飲著。

早上點的那杯被他遺忘在超商了，連同和學姊的記憶一起。雖然不願意承認，但此刻他的注意力，全放在了自己頸上那條暖烘烘的圍巾上。

稍早他與方慕洽一起走在道生橋上時，方慕洽為了打破尷尬，說了很多關於自己的事，像是他最喜歡的國家是日本，有天想到京都走走，還有他喜歡珍珠奶茶等等生活小事。

吳灘光是聽著沒有太多的回應，但心頭卻一點一滴的暖了起來。

「不是啊，你得選一個吧，有本事在寒流來的12月穿短袖短褲閒晃，就不要圍圍巾啊。」

蔡子琴兩三口就吃完了三明治，此時因為晚進教室而沒坐在同一區的賴霖秝，圍了一條看起來很暖的芥末黃圍巾湊了過來。

今天是所有人都要跟他強調圍巾的存在嗎？吳灘將臉埋入杯中，咕嚕咕嚕的弄出氣泡。

「我也這樣覺得，這是吳灘本週最怪穿搭了，比上週那雙民俗圖案的拖鞋還怪。」

賴霖秝老大不客氣直接擠進吳灘的座位，強制對方和他分享椅子，然後開始把玩吳灘放在桌上的紙筆。「你這些東西哪裡變出來的？我記得你沒回宿舍啊？」

「方慕浛借我的。」

吳灘下意識摸了摸頸上的圍巾，然後偷偷看了一眼坐在前門，又抱著大書包睡著的方慕浛，他身旁的謝諾以不知道在做什麼事，竊笑得十分歡愉。

為什麼會喜歡啊？因為臉嗎？但他的臉頂多那雙眼睛可以看；因為個性嗎？更不可能了，看那溫溫吞的模樣就令他火大。

到底為什麼啊？

吳灘低著頭看著手中的咖啡，鼻酸的感覺再次湧現，他真的太不適合這種太複雜的事了。

19年沒接吻過，一吻就是兩個，而且可能喜歡的人還不在其中，這樣他算什麼啊？渣男嗎？

看著吳灘無精打采的模樣，蔡子琴想了一下然後笑著開口。

「我沒看過這條圍巾，難不成是女朋友編給你的？昨天破處後就交到女朋友啦？」

吳灘正打算喝的一口咖啡全「噗」的一聲噴了出來。

「你給我好好講話喔！」他猛得站了起來，恢復了充滿精神的凶神惡煞模樣，原先懶洋洋地靠著他的賴霖秝差點摔下椅子。

「你跟賴霖秝昨天這裡不是都破處了嗎？」蔡子琴伸出食指滑過雙唇。

「蔡子琴！不要汙衊我們，我們可是清清白白的一條漢子。」

原先正打算抱怨吳灘的賴霖秝此刻也站了起來，砲火對外的狠瞪蔡子琴，面對兩人的怒目而視，蔡子琴挑起一邊眉。

「這樣大聲承認自己是處男，可以嗎？」

「媽的，蔡子琴你找死。」

正當兩人牙起來，準備把蔡子琴拖出教室時，一個快哭出來的聲音突然出現在他們身後。

「對不起！都是我害你們破處了。」蕭莛洛眼眶泛紅的站在他們後方的座位旁，此刻這句話幾乎是用吼的喊了出來。

聽到這一句話的當下，不僅他們，連鄰座的人都愣住了，那些平時無視他們的女同學也都轉了過來。

吳灘和賴霖秝就這樣石化在原地，他們頸上一黑一黃的圍巾隨著後門吹進來的冷風淒涼的飄盪著，在門邊本來打算進來的嘎嘎，明智的選擇了回宿舍繼續睡覺。

整起「處男」事件唯一的好處，就是林季晴史無前例在一天內結束了對眾人的冷戰，不然以他「冷戰機器」的性子，通常會連續一整個禮拜不和他們說話。

大學國文下課後，他們要換到另一棟教育館大樓去上連兩節的大學英文。吳灖和賴霖秝氣勢低迷的走在眾多竊笑的中文系同學大後方，滿臉歉疚的蕭莛洛則沉默地跟在他們身後。

這一行宛如送葬隊伍的人，由哼著歌的蔡子琴領頭走著，就在此時突然有個聲音加了進來。

「欸，等一下午餐吃什麼？」

今天一早，因為還在氣被騙去「槍與玫瑰」看他們發酒瘋，而坐在離他們最遠的教室角落的林季晴，揹著單肩米色帆布包毫無違和地插進隊伍裡。

「你不生我們的氣了嗎？」看到林季晴的加入，賴霖秝那張生無可戀的臉恢復了點生機。

「生氣，但現在扯平了。」林季晴頓了一下，然後露出笑容補了一句：「小處男們。」

「怎樣？你就不是喔？」吳灖用力地將腳邊的石子踢到路旁，大半張臉埋在圍巾裡面不爽地咕噥。

「嗯，我不是。」

整列送葬隊伍，連同前面唱小調的人都停了下來。

「可是……可是你不是跟我說，你沒交過女朋友。」賴霖秝結結巴巴。

林李晴沒回答，僅聳了聳肩便走向前，加入了恢復哼歌的蔡子琴，兩人開始討論起中午要吃什麼、和誰要騎車這類稀鬆平常的話題，林季晴臉上平淡的表情完全不像剛投下一顆核彈的人。

「欸，你有聽到他說的嗎？」

賴霖秝不敢置信問向身旁的吳灘，這一回頭才發現吳灘停在原地。

「吳灘？」

「老子不去上課了。」說完他扭頭就走。

「喂！何必呢？」賴霖秝朝吳灘的背影大喊，後者仍頭也不回的向前走。「啊，真是的，是幼稚園小朋友喔，鬧什麼彆扭。」

「我去找他。」一直垂著頭處在懺悔狀態的蕭莛洛默默開口，臉上的表情如赴死般堅決。

「別去吧，那傢伙生氣起來亂可怕的。」雖然蕭莛洛很可惡但罪不至死，因此賴霖秝由衷地勸諫著奪走他初吻的對象。

賴霖秝聽他高中曾與吳灘同班的朋友說，那傢伙以前在他們學校是出了名的打架王，當打架王報考中文系還考上時，不知跌破了多少教官的眼鏡。

「不，我覺得我還是去一下吧！等等上課幫我簽到，謝啦！」蕭莛洛交代完，轉身追了上去。

「喂，到時候被狗咬，我可不管你。」賴霖秝嘆了一口氣，認命地繼續走向教育館。

下了課的走廊擠滿了學生，整個狹小的走廊鼎沸的像菜市場而不是大學校園。吳灘推開主要幹道的人群費力前進，但最終仍被擠得歪向一旁，就在要跌倒之際，突然有個人伸手一把抓住他，將他拉進了走廊右側的教室中。

這一拉來得太突然，他重心不穩踉蹌跌入教室，小腿脛骨直接撞到不知道是哪個缺德的人丟在路中間的鐵椅，整個人就這樣摔到了地上，痛得他當場咒罵了人家的祖宗十八代。

「對不起！看到你要跌倒了趕快拉你進來，沒想到還是害你跌了！你先鬆開手讓我看看有沒有怎樣。」

吳灘蹲在地上，抱著痛得要死的小腿完全無心其他事，聽見聲音，便下意識順著鬆開手，那個人蹲了下來，直到此刻吳灘才發現面前的人是誰。

「方慕淯？你在這裡幹嘛？」

由於顧慮到現在要是抽回腳會顯得怕痛，因此吳灘也只得任由那雙白淨的手將他的小腿抬起，捧在手上認真的檢視。

大片肌膚接觸時，一陣愉悅的雞皮疙瘩爬上了他的後頸，吳灘連忙伸手按住後頸，避免那份愉悅往不該去的地方跑去。

「我把手機忘在抽屜所以又跑回來拿。」方慕滄仍專注檢視他撞到的部位，長長的睫毛低垂，遮住了底下好看的墨色雙眼。

媽的，現在是怎樣？這是怎樣？我真的要破處了嗎？不，不可能，別想了！

吳灘強制自己將注意力轉到其他地方，但這一轉又更不妙了，這間教室上一節應該是專門看影片混時間的通識課程，兩側的遮光窗簾全掩著，整間昏暗的教室中只剩微弱的日光和開關閃爍的紅點。

「哇，都腫起來了，膝蓋呢？膝蓋有撞到嗎？」

說完，方慕滄的手往上準備撩起他的球褲，吳灘光速按住那隻準備動作的手。

「沒有，膝蓋沒有撞到。」他覺得自己的聲音聽起來好沙啞。

安裝了關門緩衝器的鋁門此刻無聲掩上，自動隔絕了長廊的人聲和笑語，對那心跳加速過快的人來說，這間空教室簡直隔絕了全世界。

「真的沒有嗎？剛剛你摔得超．大．力的！」方慕滄以緩慢的語氣強調。

「我他媽的好得很！」為了證實自己沒事，吳灕甩開方慕湁的手，用力站了起來。這是今天第二次甩開這個人的手了。他默默地想著。怎麼每次都是這樣，如果能牽著，再也不放該有多好？

「才不好！」

吳灕看著面前一臉驚愕的人，絕望意識到自己又把內心話喊出來了，正當他想說些什麼來轉移話題時，一陣椎心的刺痛從脛骨竄起，疼得他忍不住倒抽了口氣，身子一晃差點又跌回去，方慕湁即時攙住了他。

「你看！果然受傷了吧！」方慕湁用一種「我早就說過了吧」的指責語氣，而吳灕最討厭這種語氣。

「老子的事，不用你多管。」他惡狠狠地說完，推開了扶著自己的人。

保健室要穿過道生橋到另一端的宿舍區，光用想的他就想死了，但仍咬著牙，一跛一跛拖著痛到快往生的腳拉開了後門。

接著他就被一陣怪力抄起揹上了肩。

「操！方慕湁你立刻放我下來！」吳灕驚恐的發現自己被另一個男人用掰開雙腿的方式揹著，這種恥辱感讓他開始奮力掙扎。

「別動，我帶你去保健室，連早上擦傷的手一起看。」方慕湁緩慢的聲調平日聽來讓人火大，但此刻不知為何竟壓過了吳灕的流氓氣焰。

「老子又沒廢，我自己會走去。」吳灕不甘示弱的說：「你再不放我下來，我就要揍人了。」

但方慕湉沒再搭理他，自顧自地往敞開的後門走去。

上課鐘聲響起，走廊人潮逐漸散去，時間到了，每個人都有各自該去的地方，但只有一個高得嚇人的身影留在原地，以深沉的目光看著方慕湉與他揹在背上的人往保健室的方向漸遠。

「放我下來。」

「不要。」

「幹，我警告你放我下來喔。」

「不要。」

「老子要揍你了喔。」

「不要。」

俗話說：清晨起大霧的話，整天必有藍天相隨。

此時，伴隨著這樣一來一往對話的，正是片清朗的冬日晴空。

可是吳灘完全沒有瞧見這片美得驚人的天空的可能，因為他將整張臉埋進了方慕湁的背上，死也不願意露出面容。

要是被人看到他被男生揹著走，他那「處男事件」後僅存的一絲形象也將毀於一旦，更不用說接下來的大學四年了。等著他的，鐵定是連頭都抬不起來的鳥日子。

吳灘覺得此刻比腳還要痛的是他的羞恥心。

正當他生無可戀之際，心臟卻猛得怦通了一下，然後就失速般猛烈鼓動了起來。

不知道是不是一早連續兩杯咖啡的關係，他發覺現在自己的神經敏銳到連一根頭髮掉在身上都能感覺到。在這樣的狀態下，方慕湁溫熱的體溫和氣息全被感官無限放大，直接刺進吳灘亂成一團的腦中。

那個揹著他的人，全身散發著淡淡的薄荷檸檬草香氣。

跟圍巾的味道一樣呢。吳灘將頭悶在方慕湁背上，那好聞的香氣在他的鼻腔擴散開來，令他失神。

前幾天他為了寫現代散文的作業，特別去查了花語，他依稀記得薄荷的花語是：「願與你再次相逢，再愛我一次。」檸檬草的則是：「開不了口的愛。」

這都是什麼暗示啊……

太糟糕了，他一點也不想知道方慕湁身上是什麼味道啊。

吳灕試圖屏住氣但不出幾秒便破功，反而因窒息感吸了更大一口，最後索性放棄掙扎任對方揹著，心想，至少少動一點可以少吸點氣。

「你也像這樣揹過我呢。」方慕湉慢悠悠的開口，聲音聽起來像是正在淺淺地笑著：「都還沒跟你道過謝，謝謝你。」

「別謝啊，天知道，老子有多不甘願揹一個臭男人。」

由於怕被認出來，吳灕不敢到處張望，只得看著對方的後頸。

與前面的小瓜呆頭不同，這傢伙後頸的頭髮俐落推高，底端整整齊齊的，像用尺畫出的一條線。

一條固執烙在頸上的直線。

面對他百般恐嚇和威脅，竟然能無動於衷的繼續向前走，看來這個溫吞的傢伙也有執拗的一面。

這讓吳灕不禁開始思考，方慕湉是不是不像表現出來的那樣遲鈍，是不是他也有可能喜歡他？不然幹嘛揹他啊？會有男生喜歡揹另一個臭男生嗎？

寒風一陣陣襲來，雖然天氣晴朗但風吹來仍是冷得刺骨，吳灕忍不住打了個大噴嚏，鼻水和口水全噴到了方慕湉那件米色毛衣上。

「啊，幹，鼻涕流出來了。」吳灕用手背抹鼻涕，然後隨手抹在自己褲子上，有些不好意思致歉：「欸……對不起，你的衣服也被我用到了。」

吳灘感覺身子底下的人渾身一僵。

「沒……沒關係，等等你去保健室我再去換。」方慕滄聲音聽起來有些不自在，但卻又故作堅強的撐著。

該不會他有潔癖吧？吳灘想起早上他一個一個擦拭物品的樣子。

他嘴角勾起笑，然後用一種人畜無害的口吻說了：

「方慕滄，你怎樣都不願意放我下來嗎？」

「不放，你都受傷了，我……」

方慕滄話還沒說完，吳灘張嘴往前方光潔的頸子連咬帶舔啃了一大口。

後者的反應果然一如他所料，方慕滄驚呼了一聲，倏地鬆開抓住他雙腿的手，吳灘順理成章地滑了下來，不，不，應該說是掉了下來。

由於被揹著走了一段路，再加上腳踝似乎扭傷了，所以一落地吳灘就歪斜倒在了超商前人來人往的空地上。

「哪有人這樣舔人的！」方慕滄瞪大雙眼捂著自己的頸子站在原地看著他。

雖然是因著自己的天才計畫才掉下來的，但被人這樣居高臨下的看仍讓他很不爽，吳灘立刻站了起來，痛覺化作警鈴高頻地尖叫著。

「就說了讓你放我下來。」忍著痛，他一臉沒事人一樣回答對方。

「我要收回你是好人的那句話！你太……」看著方慕湉氣得找不到句子可以形容的模樣，吳灕將話接了過去。

「太帥？」

方慕湉咬著牙氣沖沖的瞪著他，吳灕這才發現對方眼眶中有盈盈的淚水在打轉，在意識到大事不妙時已為時已晚，方慕湉丟下他獨自跑回超商旁的男宿。

「啊，煩死了！哪有人這麼愛哭的啊……」吳灕尷尬站在原地，接著察覺來往的人都在看著他時，他連忙拖著腳逃離案發現場。

當吳灕好不容易移動到男宿，本來要尾隨前面的人衝進宿舍，追上方慕湉之際，他卻猶豫了。

道歉之後呢？可以和好嗎？會有後續嗎？

那個小瓜呆光是被舔了一下就哭了，要是真的接吻還得了。

看來不用肖想什麼樹葉雨下的吻了。

吳灕，你真是個無藥可救又自作多情的笨蛋。

「煩死了！還是去睡覺比較實在。」

他從口袋掏出逼卡準備進宿舍時，有個人從後方一把抽走了他的卡片。

「欸！衝啥？」

他猛得回頭，赫然發現自己置身於那嚇人高個子的陰影中，蕭莛洛的神情看起來很可怕，吳灘下意識的護住自己的嘴唇，但接下來的發展卻完全出乎吳灘的意料之外。

「先去保健室。」

說完，蕭莛洛不由分說一把將他打橫著公主抱在自己胸前，然後就這樣邁開大步向前走。

不，不是啊！這是什麼天殺的少女漫畫情節啊！老子只是扭傷腳了不是變成他媽的少女了啊！

吳灘無聲的吶喊，僅有那條在慌亂中，被他一把抓起蓋住自己整張臉的圍巾聽到。

他當時怕極了蕭莛洛會對他做出什麼需要心理輔導的事，只得一聲也不敢吭的任由對方抱著，走向位於女宿正對面的保健室。

這就是大學生的生活，平淡無奇卻又突然少女無比。

「腳踝扭傷、脛骨瘀傷，現在只是幫你簡單固定起來，還是得去診所給醫生看一下比較好。」

校護阿姨一直忍住不笑的樣子實在太糟心了，吳灘忍不住嘖了一聲，結果腦袋就被身旁站著的人打了一拳。

「沒有禮貌，校護幫你包紮你應該要說謝謝，嘖什麼嘖。」

方才，蕭莛洛抱他過來的畫面，因為這一敲再度在吳灕腦中重播。

一路上，那些他一點也不想看到的畫面，硬是穿透了蓋在臉上的圍巾從縫隙闖入，逼得他不得不眼睜睜的看著自己顏面掃地。

先是幾個女宿前的女孩子，露出謎樣的微笑拿出手機狂拍；接著進到保健室，校護先是愣住，接著便是無法遏止的大笑，連幫他把腳踝裹起來時仍不停笑著。

簡直是羞恥地獄。

「沒關係啦，倒是同學你圍巾要不要拿下來啊，這樣不熱嗎？」校護阿姨終於還是憋不住，又笑了起來。

「不用了。」吳灕低聲咕噥。

他來的路上已經決定好要當一輩子操他媽的木乃伊了。

「好吧，那你等等還是一樣抱他出去嗎？」校護故意若無其事地問。

「免！」

「好！」

兩人同時開口，答案卻是南轅北轍。

聽到蕭莛洛那聲好，吳灘直接扯下了臉上原先決定圍一輩子的圍巾。

「蕭莛洛，你再敢碰老子試試看，絕對殺了你！」

吳灘惡狠狠又氣鼓鼓的模樣似乎逗樂了眼前的人，蕭莛洛原先陰鬱的神情從臉上消失了，他看著吳灘一頭的亂髮和因為悶熱而紅透的雙頰，露出淺笑。

「你不是說不拿下圍巾？你倒是圍好啊，我還要抱你回去呢。」

「媽的，老虎不發威，你當老子是病貓啊！」

吳灘從椅子上猛得站起，一把抓住比他高上許多的人的衣服，逼著對方彎下身直視他的眼睛，但蕭莛洛仍是那笑盈盈的神情。

那是什麼臉啊，太令人不爽了吧！

雖然是在氣頭上，但吳灘仍維持了一絲的理智，思索下一步要怎麼做才不會太超過，畢竟他不想再當打架王，也不是真的想揍蕭莛洛。

這種一點就燃的個性著實給他添了不少麻煩，不管是在哪個階段。

聽老媽說他在幼稚園的時候就這樣了，今天咬了同學、明天抓破某人的臉，各種小打小鬧的暴力事件層出不窮，害得他老媽不知去了多少趟幼稚園給其他家長賠罪。

至於其他求學階段更不用說，他都算不清自己因為這副有增無減的臭脾氣揮了多少次拳頭。

雖然說打架有贏有輸，但每一次看見老媽一臉難過的出現，他就覺得自己輸了。

此刻，要是打了，之後一定會有一堆麻煩事；不打，這揪著的衣領該怎麼辦？

啊，真麻煩啊，早知道就隨便蕭莛洛要親還是要抱了。

這個突如其來念頭，宛如晴天霹靂般在他腦子裡炸開了一個洞。

原先正因為打與不打這件麻煩事，而感到厭世不已的吳灕猛得瞪大雙眼。

喂！喂！喂！你知道你在說什麼嗎？他在腦中不敢置信的質疑那個得出這番結論的自己。

「好了好了。」眼看衝突即將發生，校護阿姨轉瞬間變出一支鋁製拐杖遞了過來。

「要是不要用抱的，阿姨這裡可以借你拐杖啦。」

「有就早點拿出來啊！」吳灕鬆開蕭莛洛接過拐杖，暗自慶幸校護及時介入。

「說謝謝，不然就把枴杖還回去讓我抱。」蕭莛洛雙手交叉於胸前，那種文質彬彬的笑臉配上超凡的身高，正是他最害怕的模樣。

跟這種過度認真的人打架不曾贏的，不管是用講的還是用拳頭。

「……謝謝阿姨。」

吳灕說完之後，便拄著拐杖搖搖晃晃的離開保健室，今天對他來說太過漫長了。

早上10點的男宿冷冷清清，裡頭的大學生要不是還在睡，就是已經去上課了。

吳灘在大廳不耐煩地看著那台一直停在五樓的老舊電梯。

他們寢室在五樓，那台電梯每次明明沒有人按開延長，卻都會在五樓卡很久，因此各式各樣的傳說也隨之而起，要是平常他會覺得有點害怕，但此刻他只想趕快回到寢室自暴自棄。

蕭莛洛在他等電梯時追了過來。

由於不知道該跟對方說什麼，吳灘只得繼續惡狠狠盯著樓層顯示器上那個豔紅的五。一向昏暗的大廳，此刻不知道是不是因為他的心情，而看起來更加陰森了，蕭莛洛也沒出聲，就這樣站在他身邊。

不知道是心理作祟，還是怎樣，吳灘覺得蕭莛洛站的姿勢，看起來似乎打算將他再次攔腰抱起。

想到此處，他默默地往旁邊跨了一步。

電梯怎麼還不下來？吳灘焦慮的握緊了拐杖。

「欸。」

「衝啥？」

蕭莛洛突然開口，吳灘也下意識地回了，明明本來沒打算跟對方說話的。

「要不要去吃早午餐？」蕭莛洛說話時沒看著他，反而和他一同看著電梯。

「啊？為什麼老子要跟你去吃早午餐啊？」

吳灘也不打算看他，於是兩個人就這樣看著電梯說話。

「因為我等一下還要載你去給診所醫生看，看完不知道幾點，先吃飯比較保險。」蕭莛洛以命令的口吻說。

「不吃不看。」吳灘也以果斷的否定句回應。

「為什麼？」

「因為老子爽啊。」

他轉頭以沒撐拐杖那隻手的中指，拉下左眼的下眼皮，給了蕭莛洛一個吐舌的挑釁動作。

就在此時電梯門打開了，一看到裡面的人，吳灘的動作直接凝固在當下，電梯裡頭那個眼眶泛紅的小呆瓜頭似乎也被嚇到了，兩人就這樣僵持在電梯前動也不動。

眼看門要闔上了，蕭莛洛一把將被石化的吳灘拖到一旁，方慕湉也被裡面的人推著走出電梯。

「方慕湉，要不要一起去吃早午餐？」蕭莛洛看著那個低垂著腦袋走出電梯的人，視線在那泛紅的後頸停留了一下後，不冷不熱地問。

「嘿，你怎麼只問他不問我？」

謝諾以的聲音從方慕湁背後傳來，但一發現默默待在一旁氣焰全消的吳灘立刻轉移注意力，語帶責難：「就是你欺負我家方慕湁！」

「啊？我哪有欺負他！」吳灘嘴硬回話，但手上的拐杖捏得更緊了。

「明明就有！我可是睡覺睡到一半被吹風機聲音叫醒來的，你害人家一早就去洗澡了！」

「洗澡？」蕭莛洛的聲音這下聽起來沒那麼冷靜了。

「你自己說他對你做了什麼？」謝諾以把一旁的人拖了過來。

「他舔我。」方慕湁頓了一下，聲音就像是小學生告狀的委屈語氣。

「他舔你？」蕭莛洛重述了一次，方慕湁點了點頭。

「你舔他？」蕭莛洛看著吳灘又說了一次。

「我……我跟他開個玩笑而已！」在蕭莛洛審視眼光下，吳灘覺得自己好像又死了一次。

「哇，我都不知道我跟一條狗一起上課了三個月啊。」不等吳灘辯駁，蕭莛洛繼續追殺：「看來得讓這條狗請大家吃早午餐賠罪了吧。」

「對啊！超噁心的，必須請客的吧！」謝諾以見縫插針的補了一刀。

「為什麼老子得請啊！而且你說誰是狗！」吳灘終於恢復了說話的能力，他仰頭看著蕭莛洛，卻驚覺對方看起來十分火大。

「我也餓了。」正當吳灘思索蕭莛洛何以如此火大的原因時，方慕湉慢吞吞的開口了，委屈的表情中竟多了一絲復仇成功的愉悅。

啊？竟然覺得這樣就算是復仇成功了嗎？這傢伙未免也太單純了吧。

吳灘擺在蕭莛洛身上的注意力，被方慕湉那種得意洋洋的小表情給分散了。

好可愛，就連這副詭計得逞的模樣也好可愛。

停下來！他用力的踱了一下腳，刺痛感立刻就讓腦子清醒了。

「你少女喔，在那邊跺什麼腳啦！趕快出發啦，我想去吃微笑！」

獲得了免費早午餐的謝諾以，歡欣鼓舞的一邊勾住方慕湉，一邊無視拐杖的勾住吳灘，就這樣拖著哀哀叫的吳灘與竊笑的方慕湉往前門走去。

後方的蕭莛洛在原地佇立了一會，接著像是要甩開水珠般用力甩了甩頭，又拍了拍臉頰，快步跟上了前方正在推擠打鬧著的人們。

有些話，沒說出來的，往往比說出來的還要大聲，心底那震耳欲聾的沉默，只有自己聽得見。

離水

※

人是會變的，但細想來人也是不會變的。

吳灘趴在桌上看著前排座位的人，方慕滄今天依然抱著大背包卻難得沒有睡著，手上的筆疾書著。

方慕滄的字跡是什麼樣的呢？是飄逸的還是穩重的？

時間過了，吻和眼淚都被留在了那個起大霧的清晨，但氣味卻留在了鼻腔，再也揮散不去。

吳灘出神的看著藍筆筆尖滑過雪白的紙張。

被握在掌心的那支筆，是不是也能聞到淡淡的薄荷檸檬草香氣？

扭傷腳踝至今又過了一個月，他一樣把所有事丟著沒處理了，不管是自己還是其他人，他都丟在了一旁。

「放著不管就會好了，那些不會好的，都去死吧。」

這是吳灘的至理名言。

因為放著不會好的東西，他也沒辦法解決，畢竟說到底，要是他是那種會把話說開、把事情處理好的人就不會是打架王吳灘了。

在他亂想的期間，方慕湁仍低頭寫著，不知道是寫得太認真，還是其他怪力亂神的原因，那支筆突然從他手中失足滑落。

當筆落下的瞬間，他與方幕湁同時發出低呼。

固定桌伴蔡子琴挑起一邊眉毛看向他，吳灘聳了聳肩故作鎮定表示沒事，又趴回桌面盯著方慕湁，那個人撿起地上的筆抽出衛生紙開始細細擦拭。

還是這麼潔癖啊，到底掉在地上一秒的筆是會積多少灰塵啊？吳灘忍不住看著自己那支不知道掉到地上幾百次的黑筆。

看到他沒打算多說，蔡子琴又將注意力轉回課堂。

他們沒膽在這節課聊天，這節易經課是由一個被他們稱做馮半仙的教授上的課。

馮半仙身形胖胖的，戴著圓框眼鏡，總穿著一件改良式的白色唐裝，頸上還掛著一串木質念珠，除了這一身行頭外，最令人害怕的是他那凌厲的眼神。

「感覺一不小心得罪半仙，就會被咒殺。」

這句嘎嘎某次不經意說出口的話，在眾新生間傳唱，最後形成了這股上課沒人敢說話的默契。

「吳灘同學，『綠蟻新醅酒，紅泥小火爐。』下一句是什麼？」

馮半仙突然開口點他，吳灘嚇得直接彈了起來，雖然腦中閃過的第一句話是：「完了，要被咒殺了。」但仍競競業業的接了下一句。

「晚來天欲雪，能飲一杯無。」

這節不是易經嗎？怎麼考起唐詩？吳灘在馮半仙凌厲的眼神注目下嚥了口口水。

「很好，請坐吧。」馮半仙看著他意味深長補了一句：「傷心總是深情人。」

吳灘為了迎合教授似懂非懂的點了點頭，但直到下課他還是沒搞懂唐詩和半仙說的那句話的意思。

「欸，你也太衰了吧，一定是你上課怪叫讓馮半仙注意到你了。」賴霖秝在他走上道生橋時靠了過來，林季晴則跟在一旁。

「誰怪叫啊？」吳灘將手插在口袋，踢著石子向前走。

這是他最近的習慣，讓石頭決定自己下一步要踏哪裡，他沒有方向，沒有目的，沒有愛的人。

他將最後一句硬生生插進腦子裡。

「你啊，上馮半仙的課只有你和方慕湉在那裡出怪聲，真糟糕，別害我也被注意到啦。」

蔡子琴埋怨完就走到林季晴身邊，兩人開始有說有笑的聊著，賴霖秝一臉吃味走到吳灘身旁。

「你不覺得他們『那組』最近感情特別好嗎？」賴霖秝看著林季晴一把攬住蔡子琴的肩膀後又揉亂他的頭髮。

「哪組？」吳灘仍低頭踢著石子。

「就是……不是處男組。」

聽到處男二字，他一個用力過猛踢了出去，那顆石子向前彈去，最後停在了某人的腳邊。

「學弟，你媽沒有教你走路不要踢石頭嗎？」

聽到聲音，吳灘抬起頭發現二家那個凶神惡煞般的系壘學長出現在自己面前，身旁還跟著偷笑著的女神學姊。

「學弟，你是不是忘記今天要家聚了啊？」

吳灘沐浴在女神學姊的冬日暖陽般的微笑裡，忘記了言語。

「看到學長姊不會問好啊？學弟你越來越大尾了喔！」

系壘似乎剛結束練習，學長身上整套的裝備都還沒脫下來，此刻拿著球棒講這句話的樣子十分嚇人，頓時讓吳灘從美夢中驚醒。

「學長姊好。」吳灘忙不迭地大聲問候。

「這才像話，我家阿旭就交給你載，等等你就跟我們的車。」系壘學長舉起球棒對著吳灕：「好好騎啊！」

「是！」看著胸前的球棒，吳灕有種置身槍口的感覺。

「為什麼旭嬉不是我載啊？」「另外一個」學長不甘心的開口。

「因為你跟我要載另外兩個學弟，他們在車棚等我們了。」

系壘學長說完便自顧自往車棚走去，發問的人不甘心地看了吳灕一眼後，也跟著離開了。

「好了，我們也走吧。」

女神學姊神色自若的拉起吳灕的手往車棚方向走去，留賴霖秝一個人在原地目瞪口呆的看著這一幕，但賴霖秝不知道的是，此刻吳灕震驚的心情跟他一模一樣……

「來，學姊請……請用！」

吳灕畢恭畢敬的遞出自己的安全帽前還用力甩了兩下，把不存在的灰塵甩開。

「那你怎麼辦？」學姊看著安全帽遲疑了一下。

「我不用！我騎機車很小心的，我發誓。」吳灕將安全帽換手拿，以右手在自己胸口畫一個十字。

「好吧，那如果被警察抓了，罰金我幫你出吧！」學姊不再多說，笑著接過安全帽，然後一個蹦跳，俐落的跳上了立好中柱的機車。

學姊果然是有在運動的。吳灘心滿意足地看著這賞心悅目的畫面。跟那傢伙完全不一樣。

在更多與方慕湁有關的多餘念頭浮現前，吳灘火速將之扼殺，並將注意力擺在如果學姊戴了他的安全帽，帽子就會香香的了這件事上。

吳灘使盡全力讓自己專心定錨在這點上，他實在厭倦了自己像一葉在名為「方慕湁」的驚濤駭浪裡撐著不沉沒的小船了。

跟車前往未知目的地的路上，他與學姊默默無語了好一陣子，過程中，吳灘不斷想起在超商的吻，那個總覺得少了點什麼的吻。

要再試一次嗎？吳灘透過後照鏡看著學姊。

學姊今天穿的是那天她晨跑穿的緊身白色棉T，一雙修長的腿裹在牛仔褲中，這樸素的裝扮反而讓她曼妙的曲線更加展露無疑。

原先以為見到面會很尷尬，但之後在社團時間遇到學姊，她都沒提起這件事，那個吻彷彿從不曾存在。

最後，他們之間曾有過的那個吻，一如吳灘的名言：「放著不管就會好。」

吳灘啊，你可真是說出了一句至理名言啊。他在心中誇了誇自己。

「學弟，你車也騎得太慢了吧！」

引擎低沉的運轉聲中，學姊好聽的嗓音穿過風聲傳入吳灘耳中，她為了怕聲音被引擎聲蓋過，還特別貼近前方駕駛，靠著對方的耳朵。

「騎快學姊不會害怕嗎？」吳灘費盡力氣才擠出這句話，因為此刻他的注意力全集中在了被「胸器」緊緊貼著的後背。

「啊？有什麼好怕的。」學姊不解的聲音從後方傳來。「騎快一點才好啊，早點過去，不然等等沒預約客滿了就麻煩了。」

「好，學姊不怕就好，那我要加速了。」吳灘一催油門回到了平均80的車速，跟上了前方的機車。

因為加速，學姊收緊了圈在他腰際的手，這是他第一次被異性緊緊抱住，但心中的悸動竟不如想像中的猛烈，他果然是哪裡故障了。

「學弟，你幹嘛這個表情啦？」吳灘發現學姊從後照鏡看著他。

「眼睛跑蟲子了。」他眨了眨眼假裝眼睛不適。「是說，學姊我們要去哪裡家聚？」

「本來不該講的，但因為學弟你借我安全帽，所以我才告訴你。」

學姊愉悅說出那個讓吳瀨一點也不愉悅的店名。

「我們要去『槍與玫瑰』喝到掛！」

每個人喝酒的方式不同，喜歡的酒款也不一樣，但共同的是那份在心頭逐漸攀升的熱度。

雖然很想掉頭就走，但吳瀨仍跟著前方領路的車到了「槍與玫瑰」。

那間位在街尾的酒吧，耶誕氣氛比起他們上次離開時更濃了，店外到處掛滿了繽紛的燈泡和小鈴鐺，外頭還擺放了一株比人還高的耶誕樹。

「叮叮噹、叮叮噹、鈴聲多響亮。」

女神學姊在他立好中柱前，就迫不及待的跳下車，從包包中變出耶誕帽戴在頭上，接著又相繼拿出了另外五頂，就這樣跟著在不遠處酒吧播放的耶誕歌曲哼哼唱唱著。

繽紛的燈光照亮了學姊隨節奏輕輕搖擺的身姿，沐浴在其中，彷彿連她都化成了霓虹，好看的杏眼也因快樂而閃耀著光芒。

此刻的學姊與平常有些高冷的女神形象不太一樣，但這樣的反差反而讓她多了一點「凡人」的親切感，就好像是白日裡隱身起來的那個女孩，終於有機會探出頭來伸展一下手腳。

吳灕欣賞著這個畫面，捨不得轉開眼神。

如果是現在，應該可以吧。他心底的聲音悄悄呢喃著。

「學弟，你動作快一點啦！不要慢吞吞的啦！」學姊將耶誕帽一把戴到了他頭上，擋去了視線也阻斷了他的思緒。

這句話通常都他對別人說，今天反倒換成他被別人催著走嗎？在被學姊一把牽起手往前拖的路上，吳灕的心情可以說是五味雜陳。

沒關係，這可是值得紀念的一刻！這是老子第一次和女孩子牽手啊！人生成就達成！

吳灕中二地在心中吶喊著，故意大幅度拖慢了腳步。

「學弟，我真是服了你耶，你的安全帽放我機車上就好，不用抱進去店裡啦！」系壘學長粗曠的大嗓門，引得店門口不遠處正在拖行與被拖行的兩人看了過去。

「啊，對耶，我忘記了。」

吳灕絕望的看著那個總能精準的在關鍵時刻出現，打破他美夢的身影，慢吞吞地走回學長的機車放好安全帽。

其實直到學長姐出現前，他完全沒記起還有直屬和同家人這件麻煩事。

他忘記今天在群組上突發的家聚邀約，也忘記二家同班的其他成員還有誰，畢竟系鍋那天他完全心不在焉，應該說，從意識到自己可能喜歡上方慕淞後的每一天他都心不在焉。

「好啦，人都到齊了！來，一人一頂戴好我們進去啦！」

在學姊鍥而不捨的拉扯下，吳灘終於還是被拖到了店門口，站在蕭莛洛和方慕淞的中間。

在眾人魚貫走進店裡時，隊伍最後方的蕭莛洛突然朝前方的人俯身靠近。

「這次我保證會乖的。」蕭莛洛用只有吳灘聽得到的聲音在他耳畔輕聲細語。

此刻在店門口的吳灘，已經進入了最高警戒狀態，他將各項感官開到最強，這樣一有風吹草動就可以立刻反應，但蕭莛洛突然靠近仍是讓他嚇了一大跳。

「幹！不要靠這麼近。」吳灘用力將耶誕帽拉下蓋住發燙的耳朵。「從現在開始再也不准在我耳朵旁邊講話，你這個罪犯！」

「好，我知道了。」蕭莛洛乖順地退開了一大步。

「後面兩位在約會啊？快點進來吧！」系壘學長再度宏亮的大喊。

吳灘和蕭莛洛被這一喊，連忙加快腳步踏入了這個是非之地。

「今晚學長請客，先一人一杯shot暖身，第二Run啤酒，第三Run看要喝什麼再單點。」

系壘學長愛喝也很會喝這件事，在系上無人不知無人不曉，但今日親眼見到這麼兇的點酒方式還是令吳灘大開了眼界。

「陳國忠，你要把學弟們嚇死了。」

女神學姊雖然這樣說，但卻沒有要阻止學長暴行的意思，任由他招來了服務生，先上了一人一杯伏特加shot。

「好了！來乾杯吧！」「另一個」學長搶到了女神學姊左邊的位置，此刻正興高采烈的展現自己男子漢的一面。

「你千萬別喝。」吳灘惡狠狠低聲警告身旁的蕭莛洛，後者露出為難的表情。

「大家都在看，我要怎麼不喝啊？」蕭莛洛以氣音小聲回應。

「哇！這是我第一次喝酒耶，但這個杯子為什麼這麼小？喝一口就沒了。」

慢吞吞的聲音從吳灘的另一側傳來。

他的座位，就是這麼該死的、萬分尷尬的夾在這兩個人中間，左邊一個是奪走他初吻的接吻狂魔、右邊一個是逼死人的溫吞鬼。

「你沒喝過酒嗎？」國忠學長挑起一邊眉毛好奇看著自己的直屬學弟。

「是啊。」方慕湁點了點頭。

在眾人的注意力暫時轉移到方慕湁身上時，吳灘抓起蕭莛洛的酒喝下，再將空杯子塞回對方手中，接著又灌下自己的。

「好吧！別說學長沒照顧你，今天帶你見見世面吧！不醉不歸啊！」國忠學長一口乾了自己的shot後朝店員招了招手。「再上一Run shot！」

「耶！不醉不歸！」

女神學姊也跟著喝乾了杯中物，眼見鋒頭被搶走的另一個學長只得摸摸鼻子，喝光自己那杯舉在空中等待乾杯的酒。

看著擺在蕭莛洛和自己面前的第二杯shot，以及方慕湁學人家一口乾了又全部吐出來的狼狽樣子，吳灑抹了一把臉。

看來今晚會比他想像的更加漫長。

這是第幾杯了？

吳灑瞇起眼試圖算出面前擺著的啤酒空杯與shot杯，但是畫面總是搖啊晃的，前一秒算三杯，下一秒突然又變成九杯。

「媽的，你們給老子站好別動！」他一個火大，將面前的啤酒杯像小朋友排積木一樣一字排開。

「一、二、三、四、五、六，咍，六杯！蕭莛洛你看，我喝五杯耶！」吳灑單手勾著一旁的人得意洋洋地炫耀，還順手胡亂撥亂對方的頭髮。「老子是不是好厲害啊！叫聲爸爸來聽聽！」

「我不是蕭莛洛……」

「啊？不然你是誰啊？」

吳灘再度瞇起眼想要看清面前的人，但視線仍是不聽使喚的搖搖晃晃，為了確認，他伸手在對方的臉上亂摸了一把。

鬍渣？那傢伙的鬍渣有這麼多嗎？吳灘收回手狐疑地看著自己的手掌。

「陳・國・忠。」學長的聲音齜牙咧嘴。

「欸？學長你幹嘛跑到我們這邊坐啊？」

吳灘大聲的「欸」了一聲，此刻的他已經醉得失去恐懼心了。

他一手勾著學長一手拿起面前的酒，正準備仰頭乾了的時候，發現蕭莛洛一臉驚慌失措的在對面朝他招手。

「洛，你幹嘛跑到那裡去啦，來啦，乾啦！」

「蕭學弟，請把他拖回去，趁我現在還好好說話的時候。」陳國忠一把將身上的人拔下來，蕭莛洛立刻起來將人拖回去安置在座位上。

「我們什麼時候跟學長換位置了啊？超尷尬的耶，學長的臉摸起來好刺。」吳灘回到座位後，傾身後在蕭莛洛耳邊，以為自己講得很小聲地大喊。

「我們沒有換位置，是你去廁所回來之後走錯邊了。」蕭莛洛揉了揉嗡嗡作響的耳朵，用單手將吳灘再度「擺」了回去。

「廁所？我有去嗎？」吳灘認真思考了一下，但他的理智大概在第三杯之後就開始模糊了。

第二Run的啤酒一上桌，他立刻光速喝光了自己的，又用調虎離山的方法假裝朝門口大喊某個人的名字，讓眾人誤以為有熟人，趁著大家轉頭之際咕嚕咕嚕再喝完了蕭莛洛的。

他已經下定決心這次絕對不會再讓蕭莛洛動自己一根寒毛。

「啊幹！我走到一半忘記我要幹嘛又走回來了，對不起，學長姐！我現在又要去廁所了！」

吳灘起身朝眾人行了一個誇張的舉手禮後，便一蹦一跳的往廁所走去。

「學弟，你同學喝醉時，都這樣活潑可愛啊？」

女神學姊朝突然回頭看了一眼的吳灘，開玩笑的送出了一個飛吻，後者跳起來作勢抓住，卻因為步履不穩差點掀翻放在一旁的椅子，只得尷尬地跟趕來的店員連聲道歉。

學姊面前擺了四個空的啤酒杯，手裡還拿著第五杯，喝了這麼多啤酒卻沒有任何醉的跡象，只是雙頰微微泛起好看的紅暈。而國忠學長面前的空杯更是多得誇張，但他仍臉不紅氣不喘的繼續研究著酒單。

「哪裡可愛了？」國忠學長不屑哼了一聲：「小屁孩。」

「旭嬉學姊、國忠學長真是不好意思啊，讓你們見笑了。」蕭莛洛邊尷尬的收拾被吳灘排成一列火車的酒杯，邊在心底佩服起學長姐的酒量。

「那我呢？怎麼沒有提到我啊？」坐在女神學姊旁邊的人探出頭。

「俊宏學長也見笑了。」

聽到蕭莛洛加上這句他才甘願的坐了回去。

「是說，為什麼你們兩個看起來這麼清醒啊？」被他們私底下稱作「另一個」學長的蔡俊宏學長好奇地打量坐在對面的兩位學弟。

「喔，因為吳……」方慕湁以指尖拎著一根薯條準備送進嘴裡，聽到對方問便準備回答，薯條也就懸在了半空。

「因為我們兩個酒量好啊，你說是不是！」蕭莛洛一把將那根薯條塞進了方慕湁的嘴裡，接著又塞了一堆到那隻空出來的手中。

這傢伙也遲鈍過頭了吧。蕭莛洛臉上擺著笑，但內心卻是滿滿的不悅。

當吳灘發現他們兩個都不會喝酒時，便用了各種手法替他們擋了兩Run學長遞過來的酒，要是此刻學長發現然後開始灌他們，吳灘之前替他們擋的都白費了。
但現在吳灘感覺已經喝掛了，得想個辦法告退。
看著繼續點酒的國忠學長，蕭莛洛面色逐漸凝重了起來。
「啊，手上都是薯條的鹽巴……」溫吞的聲音委屈巴巴地抱怨。「我要去洗手。」
蕭莛洛目送著自顧自站起來走去廁所的人，他終於知道吳灘會三不五時牙起來的原因了。
這傢伙真是遲鈍到人神共憤的地步啊。

「要死了，真的真的會死啊！」
吳灘把自己反鎖在廁間，用頭抵著門板，努力壓下一陣又一陣暈眩的感覺。
這是他人生第一次喝這麼多酒，心中的爽感與想死感參半。
爽在於和女生牽手後的同一天，達成了喝超多酒的第二項人生成就，想死則是此刻跳得極快的心跳和暈到不行的腦袋，這兩者加起來，讓他陷入了一種莫名興奮又倦怠的飄飄然狀態，靈魂似乎跟身體分了家，十分的詭異。
「不知道學長要喝到幾點？希望下一Run不是shot」吳灘咕噥著用手亂抹了一把臉，在確認自己不會暈倒或吐出來後打了廁間的門。

的。

「啊？」

對上視線的兩人同時啊了一聲。

吳灘從鏡子看著雙手捧著一大坨洗手乳的方慕沿，他眼眶微微泛紅，鼻頭也紅撲撲的。

「你蓋麻哭啦？」意識到自己口齒不清，他咳了一聲又再說了一次：「你幹嘛哭，又怎麼了？」

「咦？我沒有哭啊？」方慕沿將視線從鏡子移開，開始緩慢而仔細的洗起了手。

「不然你的眼眶怎麼會紅紅的？」

吳灘沒有離開廁間，此刻的他用方慕沿看不見的那隻手緊緊抓著門框，穩住自己心頭一熱帶來的暈眩。

方慕沿生得真的是他媽的可愛啊，哪有男生紅著眼眶可以這麼可愛？

「大概是過敏吧？酒精過敏之類的。」

「啊？你不是才喝一口！」

「但我還是有喝那一口啊。」

方慕沿細細刷洗著每一根指頭，沒注意到吳灘刻意保持的距離。

吳灘以醉眼看著方慕沿沾滿洗手乳滑溜的手，那手時而搓揉著掌心，時而圈著指根上上下下，仔細的旋過每一寸肌膚，這整段過程持續發出的濕濡水聲，在廁間迴盪。洗個手竟然是件如此引人遐想的事嗎？他覺得自己要瘋了，心頭的熱度不斷攀升，然後緩緩的向其他方擴散。

「啊？你連一口都不算有喝吧，老子全替你擋掉了耶。」他凶狠的試圖維持正常語調，但就連他也聽得出來自己的聲音微微顫抖著。

「你沒事吧？」方慕湁的視線終於從沖去泡沫的雙手上抬起來，驚訝的發現雙頰緋紅的吳灕正依在門板上，整個人看起來搖搖欲墜。

「沒。」

像是要證實自己沒事，吳灕下定決心般吸了口氣，然後大跨步走向前擠開方慕湁，打開水龍頭隨意沖了一下手，將水亂甩一通後轉身離開。

「看起來不像啊。」被擠開的人也不生氣，他已經有點習慣這個奇怪同學的個性了。

方慕湁將雙手撤底擦乾後，便追了上去，攙扶住踉蹌前行的人。

由於吳灕實在太醉了，醉得連揮開對方的力氣都沒有了，只得任憑方慕湁扶著走回座位。

啊，感覺真好啊，有個人接著的感覺。他迷迷糊糊地想著，腦袋也不自覺得靠向對方的肩膀。這時他才察覺自己一直處在極度倦怠的狀態，不管是肉體還是心靈，都因為這顆反覆徘徊的心而憔悴不已。

為什麼喜歡？因為可愛嗎？還是因為方慕湉會在意他那些蠻橫的在意？

他跟他說，上機車的速度要快，之後每一次那傢伙都以如被惡鬼追趕的神速跨上機車；他跟他說，叫他不要穿白色襯衫配黑外套，很像葬儀社，方慕湉便再也沒穿過；他笑他討厭吃香菇，之後每一次吃飯時，那個人總是含著淚，用吞的把香菇吃掉。

還有嗎？還有好多好多啊……

吳灘搖搖晃晃走著，快到座位時才終於恢復了點神智，連忙甩開方慕湉。

「別碰我啊，渾蛋。」

被方慕湉摸過的地方簡直像是著火般滾燙，吳灘焦躁的拉開椅子坐下，此時學長又點了一輪啤酒，他毫不猶豫地拿起來灌了一大口，希望撲滅心中的火勢。

想接吻。

這個念頭沒來由地在喝酒時竄入吳灘腦中，他恍神看著坐在對面的女神學姊喝著酒的模樣。

女生的嘴唇感覺很軟又很好吃，那男生的呢？

他混亂擺盪的理智，此刻突然變得極具實驗精神，吳灘轉頭看向隨著他身後入座的方慕湉。

男生的嘴唇感覺起來也……

他還沒來得及細想，運轉失靈的腦子突然閃現出濕濡的洗手聲與上下套弄的動作。幹，不行，這下真的不行了。這是吳灘這晚第一次露出慌亂的神情。

「啊，吳灘我上次借你的雨衣你有放在車上嗎？」眼尖的蕭莛洛察覺到這點後唐突的開口。

「好像有吧。」

此刻的吳灘覺得自己正逐漸被那種興奮又詭異的感覺吞沒，他已經放棄去思考什麼鬼雨衣了，只是順著對方的話。

「我妹說他要，你先給我好了。」說完，蕭莛洛也不等在場的人回答，便拖著吳灘往外走。

「吳灘上次也跟我借了圍巾，他說放在車廂今天要還我！這陣子外出我都沒有圍巾，快冷死了，我一起去好了，蕭莛洛等我。」方慕湉也跟上去。

他們一左一右攙著走路姿勢不知為何很奇怪的人往外走去。

原先一直藏身在烏雲後的一輪滿月此刻顯露了出來，靠窗的桌上灑滿了溫暖的金色光芒。

「我們家可憐的阿旭啊，再多喝一杯吧，醉了，就不會心痛了。」
國忠喝了一口酒，輕輕的拍了拍在學弟離開後，便面部向下趴在桌上的旭嬉。
方慕湁，今年十九歲，12月3號的這晚，他看見了漫漫人生中第一個令他難以忘懷的畫面。
他以為他們真的只是要去拿雨衣，他以為自己也可以跟上去拿圍巾，但他錯了，錯得離譜。
「吳灕，你別鬧了。」
「老子才沒在鬧！」
月色下的兩個人正揪著彼此的衣領拉拉扯扯。
「老子的初吻被你這樣不明不白地奪走，我打算吻回來又怎麼啦！」吳灕踮起腳尖試圖將比他更高的人扯下來吻。
「鬆手啦！你之後絕對會後悔的！」195公分的人被扯得彎下腰，卻又不放棄的死命抵抗。
「我不要！你過來讓我親一個，我就放手。」
「我才不要！等等明天被你不明不白討厭我多吃虧！」

「不管啦。」
男生之間也會親來親去的嗎？而且吳灘的初吻是給了蕭莛洛嗎？
看著猛踐著蕭莛洛幾乎快得逞的吳灘，方慕湁稍微退了一步。
「啊！方慕湁你別動啊！這樣我會想追的。」吳灘百忙之中空出一隻手威脅似的指著他。
方慕湁因為這一喊而僵住了，就這樣被迫站在原地，看著兩個男大生在吻與被吻間拉扯。
最後吳灘仍輸給了具有體型優勢的蕭莛洛，被對方反手壓在了地上。
「你們不要這樣啦，等等受傷了怎麼辦啊？」方慕湁看著被壓在地上的人不甘心的奮力掙扎，以及為了壓制他而氣喘吁吁的人，感到很不安。
「蕭莛洛你有本事放開老子，老子讓你知道什麼叫受傷。」吳灘扭動著試圖起身。
「方慕湁，你想被狗咬嗎？」蕭莛洛的聲音聽起來跟那副狼狽的模樣完全不同，那是一種平靜到近乎冰冷的聲音。
「唔……不想。」方慕湁被這樣的說話方式嚇了一跳，他原本以為吳灘才是那個有點流氓的壞傢伙，但看到眼前這一幕他才驚覺他錯了。
可以把流氓壓在地上磨擦的人該稱呼什麼啊？

「那就別發呆了，去拿點水來，我記得吳灘的機車馬鞍帶裡有一瓶礦泉水，那傢伙每天都買一瓶放在那裡。」

對方強硬的口氣讓方慕滄像是接收到命令般，自動走向不遠處那台野狼。

吳灘的機車停在人行道旁的樟木下，空氣中樟木特有的氣味伴隨著晚風拂面而來，讓方慕滄被吳灘和蕭莛洛打擊到有些萎迷的精神為之一振，他加快腳步接近機車。

基本上他喜歡所有溫和又能安神的東西，如果那東西是帶著甜味的那就更棒了，諸如薰衣草、珍珠奶茶、用熊寶貝洗衣精洗好又曬過太陽的襯衫等等，他都喜歡。

他喜歡生活沉浸在一個溫和又歲月靜好的氛圍中，但偶有例外，像是樟木的氣味。

樟木本身除了原有的木質調香氣外還帶了點辛辣，這份特殊的辛香不會突兀，反而將樹木原先的氣味襯托得更加柔和，他喜歡這份辣熱又溫暖的感受。

吳灘那台黑色野狼在樹下安靜佇立著，深黑的烤漆幾乎與夜色融為一體。

「咦？怎麼解不開啊？」

這是他第一次開馬鞍袋這種東西，再加上光線不佳，所以摸索了老半天都沒能將袋子解開。

「我來吧。」

聲音從後方傳來時，他嚇了一人跳。猛得轉身發現吳灘站在身後，頭上還沾著塵土與樹葉，左臉頰有些紅紅腫腫的。

「你剛剛不是還被按在地上嗎？」方慕淞退開讓出位置給吳灘，對方三兩下就將那個他摸半天也打不開的袋子打開了。

「被打一拳清醒了啦。」吳灘低著頭從馬鞍帶內拿出礦泉水和一件螢光綠的雨衣，目光遲遲沒與他對上。

「哇！蕭莛洛揍你喔。」

方慕淞看向那個靠在路燈下雙手抱胸的人，又看了面前平常一臉凶神惡煞此刻卻有些不好意思的吳灘。

「哇！我以為流氓不會被打耶！」他發自內心的感到驚訝。

「差不多就好喔。」

吳灘出聲警告，眼神第一次對上他的，褐色眼中除了平日囂張的氣焰外，似乎又多了點他無法辨別的情緒。方慕淞下意識的住嘴，他一點也不想要自己的小日子惹上任何事，不管是流氓也好或是黑道也好。

不，比起黑道，蕭莛洛更像軍警類的人物。他再度將佩服的目光投向似乎很火大的蕭莛洛。

「你的圍巾還你。」就在他亂想的時候，吳灘將一個小紙袋舉到他面前。「我找不到東西裝，就隨便拿一個袋子放裡面了，別見怪啊。」

方慕湁接過那個過於逼近自己臉前的袋子，那是一個有著俐落金邊的白色手提紙袋，紙袋本身很新，一看就知道之前完全沒有被用過。

簡直就像是為了裝圍巾特意去買的一樣。

「我洗過曬過了。」吳灘在他接過袋子後扭開寶特瓶蓋慢慢地喝著，接著像想起什麼似的補了一句：「老子把它洗得超香的，不客氣啊。」

「這樣啊，謝謝。」方慕湁看著對方，明知道有些話不該說，但最後還是沒忍住全說出來了。「你用手洗還是機器洗？用洗衣精還是洗衣皂？我的圍巾很脆弱，如果線被洗衣機攪鬆的話就不好了，另外我對某些品牌的洗衣精過敏，但如果是天然的洗衣皂就沒有問題了！」

「啊？」吳灘拿著寶特瓶的手登時收緊，寶特瓶被他這一捏發出嘎滋的聲響。

「不……沒事。」方慕湁被眼前殺氣騰騰的人嚇得冷汗直流，於是連忙改口：「謝謝你幫我洗好了，我們回去找蕭莛洛吧！你不是要還他雨衣。」

「算你識相。」

吳灘撂下狠話後沒再多說什麼，像拎外套一樣將雨衣以單手披掛在肩上，率先往街燈處站著的人走去，接著又不知道跟那個人說了什麼，腦袋再度被敲了一拳。

「呼，嚇死我了，好險被揍的不是我，看起來好痛啊。」方慕湉用手按著胸口吁了一聲。

看著吳灘揉著腦袋瓜賭氣坐在路邊喝水的樣子，他想起了第一次注意到吳灘這個人時的情景。

那是在剛開學沒多久體育課上，他之所以印象深刻，是因為那天是個天氣剛剛好、溫度剛剛好，一切都恰到好的秋日早晨。

在沒有硬性規定強制打球的籃球課，大部分的人都懶洋洋地坐在樹蔭下，只有少數幾個瘋子在快正午的烈日下揮汗搶球，吳灘就是其中一個。

方慕湉討厭流汗也討厭需要流汗的運動，因此十分佩服那些一點也不介意這件事的同班同學。

當時他不知道那個高個叫什麼名字，也不知道看起來像流氓的人叫什麼名字，打球的人裡面他只認識張嘉麟，因為開學第一天他就跑來加他的ＬＩＮＥ，然後約他和一大群中文系新生一起吃飯了。

「幹！」

那聲震天響的髒話在剛巧的時機傳入他耳裡，他原先正無趣的打量著一朵看起來像恐龍的雲，聽到這聲十分不中文系的髒話，他立刻將目光轉向球場，正好捕捉到了那個看起來像流氓的人，以華麗的姿態滾了一圈摔到地上又光速彈起來的畫面。

哇！感覺好痛啊。他記得自己當初看見那大面積擦傷的手腳是這樣想的，但沒想到那個人竟然笑得十分開心。

「洛，你有看到嗎？我剛剛被張嘉麟拐了一下，飛起來然後滾了一圈又跳起來耶！超帥的吧！」摔倒的人坐在球場旁爽快灌下礦泉水，一臉得意洋洋的對身旁正在擦汗的的人說著。

「不，我覺得超白癡。」高個敲了他腦袋一拳。「你這腦子壞了的傢伙，快去保健室擦藥。」

如果是他，他大概不可能笑得這麼開心吧，因為他最怕痛了。

方慕沿記起小時候媽媽常對因為跑太快摔倒，哭得慘兮兮的他說的一句話：慢慢來，慢慢走就不會受傷了。

所以他一路以來都是這樣慢慢地、謹慎的踩著每一步，但那個橫衝直撞的人是怎麼回事，受了傷都不會痛嗎？

「欸！那邊的同學。」

正當他觀望著一來一往的對話時，突然被喊了一聲，嚇了一跳疑惑的指了指自己。

「對就是你！」華麗摔倒的人一臉開心。「你剛剛有沒有看到？是不是很帥啊！別愛上我了啊！」

「我覺得……很痛。」他對著這個完全不熟的人老實說了。

「嘖！你們一個個都不懂男子漢的浪漫！算了，賴霖秝，球傳過來！」

給了他們原地的人一個鄙視的眼神後，那個有著一頭微捲亂髮的人又蹦蹦跳跳的重新回到了球場。

「嘿，那邊的小瓜呆頭，別坐在那裡發呆，一起來打球吧！我們五缺一！」

那時，一陣久違的涼風拂面而來，吹散了秋日豔陽的暑熱，明明已經回到球場的人，此刻卻突然回身笑著朝他招手。

陽光灑落在他臉上的角度剛剛好，那一瞬，就像是全世界的聚光燈都打在了那張稜角分明的臉龐上，那被高個稱之為很白癡的笑，耀眼的讓方慕湁捨不得轉開目光。

那天是方慕湁上大學以來第一次在體育課打球。

「喂，你先進去吧，別在外面吹冷風了！」吳灘的聲音把他從回憶中拉了回來。方慕湁眨眨眼，看見仍坐在路邊的吳灘朝他揮了揮手，示意他快點進去。

在火車站的時候也是趕著他趕快走，現在也是趕著他趕快回室內。

這個人騎車快、說話速度快，做事不經腦子的速度也快，而且又是個愛欺負人的傢伙。

跟他的個性完全相反，他幾乎跟不上對方的腳步，那次要不是對方受傷了，他根本不可能有機會揹著對方走上一段能夠好好說話的路，但就連那段路，吳灘仍是急著離開。

「明明沒有要去哪裡，幹嘛這麼趕呢？」

方慕沿邊想邊默默地走回酒吧，他習慣了遵從別人給他的任何指示。

照著指示走就好了，就不會受傷、就不用去想太多波瀾萬丈的事情了。

如果他不是方慕沿，是不是就可以走上前和他們一起在街燈下聊天笑鬧？有個聲音在他心頭悄聲呢喃。

方慕沿下意識摸了摸後頸，被舔過的地方一直傳來異樣的感受，那是用了多少沐浴乳、沖了多少熱水也無法除去的感覺。

一陣寒風吹來，方慕沿將紙袋中的圍巾拿了出來，緊緊繫在頸上，那條圍巾上頭有一絲淡淡的樟木氣味，辛辣而溫暖，他那顆慢慢跳著的心，閃過一縷劈啪的電流。

(二)木乃伊

(一)咖啡

第三幕：有家可歸的男子

他不想回家。

那裡的一切都令他感到窒息。

具體的原因男人也說不上來，但每每打開家門，心中鋪天蓋地席捲而來的那種抗拒感總是清晰得令人絕望。

明亮的室內裝潢搭配淺色的牆面，從大賣場買來的咖啡機上頭，永遠煮著一壺咕嘟作響的黑咖啡，陽台擺放著的兩株金桔上頭結滿了金黃可愛的果子。

而從那高掛在電視牆正對面的婚紗照，以及一旁圍繞著的無數立可拍洗出來的家庭出遊照，可以看出這是這間公寓是屬於一個一家四口的幸福小家庭。

明明是如此和諧的家庭畫面，明明應該要知足了。

但這一切的一切逐漸變得令他難以承受。

想到此處，那個仍坐在街邊的男人臉色變得更加深沉，他伸手去拿身旁的啤酒罐，卻發現已經空了。

「再去買一罐吧，喝完就回家。」

男人喃喃自語著站起身，失去遮蔽物的石階轉瞬間便被雨水浸濕，原先有個人坐在那裡的痕跡就這麼消融在濕漉的雨中，就像從來不曾存在。

他愣在原地看著完全消失的痕跡。

沒事，沒事的，沒關係啊。

男人深吸了口氣，在心中努力以平靜的語調安慰自己，但那緊緊攢著的拳頭以及隨之湧現的痛楚，逼得他再也無法承受任何一分。

他咬著指節遏止了衝口而出的啜泣，試圖恢復冷靜的心緒，但淚水從眼眶湧出後便再也無法停下。

然而，就連這份壓抑已久終於潰堤的淚水，也被冷雨安靜無聲地抹去。

男人終於意識到自己這份不想回家的心意究竟從何而來了。

在那個家裡，他找不到自己。

那裡只有某個人的父親、某個人的丈夫、某份應該終身履行的責任。

在那裡，就像他這個人從來不曾存在，就像他們曾經在一起的這件事，不曾存在。

「你到底他媽的為什麼要寄這種東西給我！你有經過老子的同意嗎！為什麼你……為什麼你……啊！該死！」

男人一個拳頭砸在了石階上，接著一個又再一個，直到一朵朵血花在石階上綻放仍無法停下。

從那狂亂的身影口袋中安靜地飄落一張被揉爛的淡粉色紙，紙上手寫的字在雨中暈了開來。

「吳灘，我們結婚了，歡迎你來……」

第三章：春有百花

每一封告白信總有個俗濫的開頭。

「親愛的……」

「親什麼親啊！幹！」

紙球飛了出去完美落在了垃圾桶外，加入了一旁無數個同樣皺巴巴的紙團。

書桌前將一頭亂髮綁成沖天炮的人換了個姿勢，揉了揉鼻樑凝神端正的坐在書桌前吸了一口氣提筆。

「Dear……」

「啊！滴你妹啦！」

這次連筆一起飛出去了。

「你吵死了，我都聽不到我女朋友的聲音了！」蔡子琴將寢電話筒略為拿開掩著，一臉不爽地看著他。

吳灘給了對方一個中指後，趴在地板上試圖撈出滾到書桌底下的筆。

「寶貝先這樣，掰掰，我也會想妳的。」

寶貝？好像可以。他看著漆黑的書桌底下細細品味這兩個字。

當他再度抬起頭的時候，蔡子琴站在他面前。

「所以你現在又再演哪齣？」

吳灕將站得過分貼近自己的蔡子琴一把推開坐回座位，他剛剛想到了一句絕佳的開頭，必須趕快寫下來才不會忘記，沒時間搭理這個自從交了女朋友後，熱線就沒斷過的人。

窗外徐徐吹來的風帶著花香，時序進到了春季，這已經是他們在學校度過的第二個春天了。

人文館周遭種植的黃花風鈴木一如既往的盛開，紛飛而下的花瓣將老舊的建築妝點得熠熠生輝。

這簡直像是開了超強美圖般的畫面，曾讓還是新生的他們震撼不已，但升上大二後，眾人似乎都對這幅美景失去了興趣，唯有吳灕每次經過樹下時，還是會停下腳步仰頭注視紛飛而下的花，當被室友們調侃為「花癡」時，也只是嘖了一聲便繼續出神地看著漫天花雨。

只有他明白停下腳步的原因。

每當飛花的時節，內心那份模糊不清的戀慕，都會像是季節交替必然出現的感冒般準時浮現，擾得他無法再前進任何一步。

那晚方慕沿拿回圍巾後，也沒有再多問他和蕭莛洛之間發生的事，但要是他真的問了，吳灘也不打算說，畢竟他們本來就不是會互相聊天的關係。

他刻意讓這段關係變成這樣的。

日子不斷向前，幾度他感受到方慕沿似乎想找他搭話，但他都用粗暴的態度躲過。如果這份愛戀終究是徒勞，那寧願從此陌路，也好過像個傻子般，期待一個正值青春年華的男生會愛上另外一個男生。

「你這小渾蛋，可得好好感謝老子沒去招惹你啊。」

每一次坐在教室後方，盯著明明坐第一排卻抱著書包放肆睡覺的人，吳灘都會在心中惡狠狠地放話。

「嘿！我家吳灘在寫情書嗎？」

在吳灘再度振筆疾書時，蔡子琴撿起地上的紙團攤開來津津有味地讀。

「滾啦！你這個有女朋友的傢伙沒資格和我說話！」吳灘連頭都沒抬朝旁邊踹了一腳，被對方笑嘻嘻地閃過。

「這麼老派的告白方式會成功嗎？」

「要你管。」

「TACO？」蔡子琴繼續翻閱著地上的紙團，發現了唯一一張有成功寫下開頭的紙。

「她不是大一新生嗎？你學姊追不到打算追學妹啊？」

「不甘你的事，你這麼愛翻垃圾要不要乾脆去把寢室的地板掃一掃啊，而且我沒有追不到學姊，是學姊她先被追走了。」

「這不就是追不到嗎？」

「閉嘴啦！」

「啊，是說我們7507本來很看好你跟學姊的說，怎麼就告吹了？」蔡子琴拉開A的座位似乎打算來個男人間的促膝長談。

此時賴霖秝和林季晴去上選修的德文課了，輔資系的室友這節也有課，所以只剩他們兩人無聊待著。

至少蔡子琴覺得無聊，因為他已經破了所有主線與支線任務了，不管是遊戲裡的還是現實中的。

「我哪知道啊？」吳灕繼續在那張紙上塗塗改改連頭也沒抬。「那天從『槍與玫瑰』回程的時候系壘學長說要載學姊，然後隔天他們就在一起了。」

「是你喝掛了被蕭莛洛公主抱回來那天嗎？」

那支寫到一半的筆「啪」的一聲將白紙捅破了一個洞。

「永遠都不准再提到那三個字！」吳灘咬牙切齒的說。

「哪三個字？蕭莛洛？還是公主抱？」蔡子琴撐頰笑了。

吳灘一度想拋下筆起身揍人，但最後僅長嘆了一聲便頹然坐回座位。

蕭莛洛真的是個讓人很火大卻又無法生氣的人，果然是他最不擅長應付的類型。

那晚，他將方慕湁趕回店裡後，便在路邊的水溝吐得死去活來，但一旁的蕭莛洛這次卻難得沒有因為他荒謬的行徑痛罵他一頓，反而順著他的背，默默在一旁等他把胃裡的酒精吐得一乾二淨後，遞上了礦泉水與紙巾。

那晚，蕭莛洛騎著他的車將他穩妥地送回來。

「幹，你真的很欠揍耶……」吳灘終於放棄繼續寫下去，也放棄和那個鬧過頭的人生勝利組溝通了。

在他將額頭咚的敲上桌面前，蔡子琴及時抽出了那封情書。

「我覺得能成。」

「成什麼啊？」吳灘的臉貼著桌子，一點也不感興趣。

「撩妹。」

每封告白信都有俗濫的開頭，他真摯的希望不要連結尾也俗濫了。

吳灕在心底默默地向更高的力量祈求著。

那怕是一點也好，我想要幸福。

※

TACO學妹是一個嬌小的女孩子，159公分的身高配上內彎的鮑伯頭，走起路來總是蹦蹦跳跳的，這些特質綜合起來，使她整個人散發出一種率真的孩子氣。她總是盡情的大笑，笑起來雙眼會瞇成好看的彎月形，那種發自內心的笑容十分具有感染力，會令人忍不住跟著快樂起來。

這樣愛笑的女孩是吳灕的直屬學妹。

當時被公認為新生可愛擔當的學妹抽到他時，現場的群眾一點也不客氣的賞了他不少倒彩。

「下樑可愛，上樑正，吳灕太過分。」

這句話從新生迎新系鍋開始到現在已經被傳唱了快一個月，直到現在還有人在哼。

其實吳灕知道自己這種只比系壘學長好一點的「氣質」會令人卻步，因此本來也對可愛學妹不抱任何遐想，但沒想到每一次家聚TACO總是吱吱嘎嘎地拉著他講話，完全沒有任何一點怕生或是退怯的樣子。

開心快樂的那張笑臉就這樣漸漸占據了他的思緒。

摘不到的叫白月光，拿到的叫白飯粒。

但對吳灘來說，眼下捧在手上的這一碗飯，絕對比捉摸不到的月光來得好。

所以他決定帶著那張蔡子琴說能成的情書進行人生中第一場告白。

根據蔡子琴的說法，鯉魚傳情的黃金時段是告白成功機率最高的時間點。

所謂的鯉魚傳情是他們中文系流行已久的傳情活動，源自於詩句：「尺素如殘雪，結為雙鯉魚。欲知心裡事，看取腹中書。」

這句看似文縐縐的話說白了，就是用寫信的方式跟對方告白的意思。

要參加的人可以到系辦領取特製的鯉魚信紙與信封，寫完後寫下要傳給哪個人，並在封面署上自己的名字，再由收到的對方決定要不要打開，一旦選擇打開後一定得回信，而大多數的人都會基於好奇選擇打開然後就得回信了。

因為這種死活總會有個答案的傳情方式，大多的人都在私底下稱鯉魚傳情稱為死活傳情，雖然超不浪漫但卻十分切合主題。

這項傳情是由系學會和校刊社共同籌備，所以吳灘、賴霖秝、蕭莛洛和林季晴等校刊社的成員，為了下週的傳情，都被徵召去系辦將一大疊色紙剪成鯉魚的形狀。

「沒有薪水的家庭代工。」賴霖秝邊剪邊抱怨，這已經是他們這週不知道第幾次坐在這裡了。

要是平常吳灘也會跟著抱怨，但今天他的心思全放在了，怎麼把自己要用的告白魚剪得比其他的魚更好看些上頭。

「欸，吳灘，你偷懶是不是？你手上那隻都剪半個小時了。」賴霖秝一臉「抓到了吧」的表情，用剪刀指著他。

「老子愛剪多久就剪多久。」

吳灘瞇起眼細細調整魚尾的角度，絲毫沒把面前的剪刀放入眼中，畢竟身為前專業打架王的他，可是被比剪刀更嚇人的利器指著鼻尖過，比如蝴蝶刀。

那時，有一陣子高中生很常偷渡這種利器進到學校，耀武揚威的樣子簡直中二到不行，而吳灘痛恨任何比他更中二的傢伙，所以只要看誰帶刀就揍誰，見一個揍一個的那種，因此區區剪刀完全不入他眼。

「別用剪刀指別人，很危險。」蕭廷洛邊剪邊說，他是他們裡面產能最高的，此刻他面前已經疊了鯉魚小山。

「我想喝飲料。」產能第二高的林季晴，放下剪刀將手指折得劈啪作響。

「學弟們辛苦了，這是紅燈籠那一間的芋圓，請你們吃！」

像是收到心電感應般，女神學姊提了一大袋的芋圓走進系辦。

「哇！謝謝學姊！」

聽到紅燈籠芋圓賴霖秝眼睛都亮了，反倒是一開始說想喝飲料的林季晴，有些不好意思。

「學姊你太客氣了，我們只有剪色紙而已，沒有幫上什麼忙。」

看到學姊打開袋子準備發送芋圓，蕭莛洛趕緊站起來協助發送。

「不，你們幫了大忙！之後剩下的就交給系學會其他人去宣傳和發送吧。」學姊說完，突然一把勾住一旁埋頭剪紙的吳灘頸子。「你這傢伙，看到直屬學姊都不會問好啊！」

「學姊好。」吳灘連頭也沒抬。

「啊，好冷淡啊。」學姊皺眉抱怨，邊退了一大步看著他。「是叛逆期到了嗎？」

「他是在吃學長的醋……咳……！」滿嘴芋圓的賴霖秝口齒不清還沒說完，被吳灘狠狠瞪了一眼差點噎死。

「是這樣嗎？」學姊挑起一邊眉毛感興趣的問。

「不是。」吳灘仍是不冷不熱的回答。

看見吳灕的態度，女神學姊似乎還想再說些什麼，但就在這時一個高大的身影伴隨洪亮的聲音出現在系辦。

「阿旭，走吧，我們系壘要聚餐了。」國忠學長一把將桌邊的女神學姊摟了過去，親暱的吻了一下。

「少在那邊肉麻兮兮的了。」學姊雖然這樣說，但仍倚靠在高大的國忠學長胸前。

「好吧，各位學弟辛苦啦，吃完就早點回去休息吧！謝謝你們的幫忙，傳情順利喔。」

學姊說最後一句話的時候特別看著吳灕，但眼見後者仍不搭理，便沒再說話，與學長牽著手離開了系辦。

「吳灕，別這樣，友善點。」林季晴察覺到這異常的敵意便勸了一句。「學姊沒對你怎麼樣，想跟誰在一起是她的自由。」

「你又知道什麼了。」

吳灕發現自己聲音裡的情緒比想透露的還多，所以之後任憑其他吃瓜群眾怎麼問，他都不說話了。

在他那顆死腦筋又頑固的心中，認定了如果女神學姊跟學長在一起，那那句接吻後的「不討厭」就只是在耍他而已，所以他單方面冷凍了學姊。

吳灕討厭被耍著玩，這感覺真是糟糕透了。

如果學姊不喜歡他那幹嘛說不討厭他，他的心已經被自己對方慕涾莫名的情感搞得夠殘破不堪了，沒必要再多一個人來欺負。

伴隨著腦中浮現的名字出現的那張傻傻呆呆的臉，令吳灘心神一震，手上細細剪了半天的魚尾被他一刀剪斷。

吳灘看著掌心斷掉的魚尾，一滴看不見的淚水往心底淌去。

假如真的有全知全能的神，他好想問祂：「無法游泳的一尾魚，究竟該怎麼抵岸？」

※

「你好！鯉魚傳情！你願意收下這隻魚嗎？」

今天從一大早開始，校園各處便響起這句宛如競選車般不斷重複的話。

鯉魚傳情在這週正式開跑，系學會的成員帶著一簍一簍的魚奔波各地，這個活動雖然是由中文系主辦，但開放給全校系所參與，因此平常想知道對方的心思，又怕被已讀不回的人，都會選在這時候來拚個「魚死網破」。

一簍裝活魚、一簍裝死魚、一簍裝洄游魚。

這是系學會會長在活動開跑前再三叮囑系員的。

去發魚的學員每人會有三個不同顏色的袋子，分別裝寄送信、拒收、回信三種。但出於系上缺乏人手，再加上新系員的素質不一，偶而會出現一些特殊的突發狀況，這種狀況被稱作月老的幽靈魚，名列校園怪談之一。

這個活動存在個大問題，那就是封面每個人都會記得署自己的名，但信紙內的收件人姓名，卻不一定會在投入系辦的活魚簍前，到櫃檯做再次確認的登記，這種狀況比較好處理，由於不能拆開信件，那些只有寄件人沒有登記收件者的，就是和拒收一樣直接以死魚作廢。

有些情況則是寄件人記得在系辦登記，卻忘記寫在信紙裡，這封信比死魚好一點，魚會送到收件人手裡，但開信之後，由於收件人不確定到底是不是真的給自己，有一半的機率會收下，親自去詢問確認，另一半的機率就是直接寫拒絕信了，上述這種狀況，這就得怪寄件人的自己粗心，但不管如何，只要有回信的，統稱迴游魚。

但有一種狀況極為特殊，寄件人在封面有署名，但卻忘記在信件內寫收件人的名字，系辦也沒登記到，可是信差卻能鬼遮眼的投遞出去，那就是月老的幽靈魚。

「咦？『老子的心得報告』這是什麼詭異的署名？」一頭紅捲髮的人從收信者的身後探出頭，好奇地盯著魚型信封。

「同學，你要收信嗎？」7506房門外站著一個看起來一臉厭世的系學會成員，他那一大袋的拒收死魚簍簡直要滿出來了。

「可是……上面沒寫是誰耶……」方慕湁站在寢室門口，為難的看著那隻鑲金邊的黑色鯉魚。

「這應該不是我的問題吧。」厭世臉很不耐煩。「這是我最後一隻了你快點決定吧，我要回宿舍睡午覺了。」

「感覺很有趣耶，你就收下來看看吧！」謝諾以正愁從今天一早上課到現在中午了，7506完全沒有人收到魚而覺得十分無趣，眼下難得有這個湊熱鬧的機會便大力鼓吹。

「唔……」方慕湁仍猶豫著，他謹慎的個性在心中大聲警告，讓他完全沒辦法對該不該收這隻奇怪的魚下決定。

「你看那些死魚死得多不瞑目啊，那些都是某個人的心意呢，就這樣被糟蹋了，對方連怎麼死的都不知道，可憐吶～」謝諾以在方慕湁耳畔細語。

「同學，你要還是不要？」厭世臉步步相逼。

「好啦！我收下！」方慕湁從對方手上一把接下了黑鯉魚。

「很好，我十分鐘後來拿回信。」厭世臉看見魚脫手了就要走。

「等等！我要怎麼確認那個叫『老子』的人是誰啊？」方慕湉連忙喊住對方。

「我哪知道啊，放系辦等人認領吧。」厭世臉頭也不回往電梯走去，留下一臉驚愕的方慕湉。

「我幫你打開吧！」

謝諾以看見方慕湉猶豫不決的樣子，伸手要拿信，但對方卻將信護在懷中。

「還是我開吧，畢竟是某個人很認真寫給我的。」方慕湉踱步回到了自己一成不染的桌前。

那隻黑鯉魚信封設計得極為精巧，彷彿每一次下刀都費足了心思。

方慕湉坐在書桌前小心翼翼地拆解開魚形信封後，裡頭是一張如鮮血般豔紅的鯉魚信紙。

「嘿？系學會竟然這麼用心嗎？這兩隻魚感覺剪了很久耶。」謝諾以、陳和、洪育寅等其他室友都湊了過來。

「同學你坐下啦，我這裡看不到。」洪育寅一把壓下興奮擋在最前方的謝諾以，而陳和則是直接和方慕湉擠在同一張椅子上。

「你們幹嘛這麼好奇啦。」方慕湉在眾人的注視下有些不好意思，那隻蓋在桌上的紅鯉始終沒有翻開。

「別廢話，快點念啦！等等人家就要來收了，你還得寫回信耶。」

謝諾以催促下方慕湉打開了他人生中的第一封情書。

首先，我想請你原諒我唐突的來信，也請原諒逼得我不得不這麼做的這份愛慕。

你應該看得出來，我是個不擅長說出心裡話的人，如果要說，我想最擅長說的大概就是再見，而每一次說出口的再見，都抱持著再也不見才說。

從以前到現在，我說了無數次再見，但沒有一次像對你說時，那樣令我感到心煩。

你就像人間最美的四月天，這是第一次，我不知道怎麼說再見，也不知道該怎麼若無其事的揮手送走你。

見到你，我不想說再見了，你能留下來嗎？

鯉魚傳情開始的每一天晚上9點，黃花風鈴木前，我會等你，就像寒冬等暖陽，就像在雨中等一把傘。

但若你要走，別介意，我能再次習慣對某個人說再見這件事，只要回信對我說聲再見，就好。

「靠！人間四月天都出現了，哪個女漢子徐志摩傳情書給你啊！」率先讀完的謝諾以發出嘖嘖驚嘆，然後又大笑出聲。「那對方怎麼沒有署名：『你親愛的老子』或像徐志摩一樣用『摩摩吻你』這類肉麻兮兮的話。」

「抄襲啊，這個人真沒創意。」洪育寅的口吻很實事求是。

「我覺得這個同學寫得挺好的啊，看得出來他很用心了！」陳和笑著說。

在這一大片七嘴八舌中，誰也沒有發現方慕湉藏在小瓜呆瀏海下的臉泛起了一大片的潮紅，連白皙的頸子也紅透了。

「喂！寫好回信沒！」厭世臉再度出現在門口，而且老實不客氣自己打開了沒上鎖的門。

「你什麼意思啊？還沒過五分鐘耶！」謝諾以衝著門口的人嗆。

「他們說可以提早回去了，難道我要還在這裡乖乖等啊？好了沒，不然你自己去送好了。」

「啊，沒關係，我寫好了！」方慕湉慌忙撕下了一張便條紙，寫好後摺成方形塞入火速從抽屜拿出來的平件信封內：「給你！」

「啊？回信寫魚上就好了，你幹嘛自己準備啊。」厭世臉雖然口頭這樣問，但仍接過信紙丟入洄游魚簍內。

「魚剪得很漂亮，我想留著，可以嗎？」方慕湉很小聲。

「隨你。」說完，那位自始至終都態度如一的同學，扛著魚簍頭也不回的離開了。

「啊，系學會的素質怎麼突然變這麼差啊，真是的。」謝諾以看著遠去的人皺起眉頭，他的吃瓜注意力已經被那個態度差勁的人分散了。「看來得去客訴才行了，欸，我先去系辦投訴，順便幫你們占下一節課的位置喔。」

「你後來回什麼？」謝諾以離開後，陳和感興趣地問。

「我忘了。」方慕湉拿出酒精濕紙巾開始擦拭已經光潔到人神共憤的桌面。

「忘得這麼快啊。」

「嗯，忘了。」

「真心話只能寫在紙上，說出來就會失靈。」

這看似迷信的一句俗諺，方慕湉深信不疑。

※

在乍暖還寒的小陽春夜裡，天特別黑，連時間似乎也被拉扯得特別綿長。

明明四月了卻冷得像深冬，獨自一人待在人文館前街燈下的男大生朝冰冷的手呵氣，就著昏黃的燈光可以窺見那人有著輪廓分明的五官，撇除掉眉宇間帶的戾氣不說，他確實生得十分好看。

男大生穿得不多，為了整體形象，他在大冷天裡僅穿著一件紅色格紋襯衫配上白色棉T，以及萬年不變的刷破牛仔褲。

冷風颼颼吹來，他打了個大大的噴嚏，兩行鼻涕噴了出來掛在臉上，冷峻青年的形象瞬間破滅。

他反手抹去鼻涕，掏出手機檢視時間。

晚上10點，今天是鯉魚傳情的最後一天，也是吳灘等待在花樹下的第五天。

信送出的那天下午，系辦貼出公開招領「老子的心得報告」的回信，他看到當下，內心的衝擊堪比公開處刑，逼得他火速查好全年級課表，選了幾乎都沒人來上課的時段去把信搶了回來。

那個署名本來是想寫來逗學妹笑的，但沒想到還真的忘記寫本名，最後被像這樣公告出來，讓他差點想把自己埋了。

面對沒署名也沒寫收件人還願意回信的人少之又少，看來學妹真的是個溫柔好孩子。

吳灘在心底暗自慶幸自己的準告白對象是TACO學妹。

那張被他反覆拿出來閱讀，此刻揣在口袋裡的那封回信，是一張不知為何裝在平信信封裡的字條，裡頭的內容非常簡單。

「我會去。」

就為了這三個字，他已經連吹五個晚上的冷風了。

平日上學，學妹的態度一如既往，邊熱情揮手大喊流氓學長邊露出調皮的燦笑，而他每一次都得拼命忍住衝上前去詢問的衝動，生怕嚇著對方。

那封回信上沒時間也沒署名，一開始吳灘還能說服自己系學會辦事不用擔心，但隨著時間流逝，人一直沒出現，搞得他越發慌張，就這樣坐立不安的迎來了最後一晚。

「啊，媽的，果然還是被耍了嗎？」

吳灘用十分不斯文的亞洲蹲姿勢蹲了下來，先前努力維持靠在街燈下的文青形象，也隨著冷峻青年一同隨風而逝了。

他的頭垂得低低的，一動也不動蹲在樹下，看著滿地黃泥和遭人踐踏的落花，鼻頭莫名湧上一陣酸楚。

青春的滋味是什麼？難道就是此刻心中這份如此苦澀的東西嗎？

直到淚水打濕黃土地前，他都沒發現自己哭了，發現時也止不住了，忍了許久的眼淚就這樣一滴滴落在泥地上。

在這漫漫長夜，吳灘深刻的體悟到他的心意，一文不值。

「吳灘？」

溫吞的聲音穿透連綿的漆黑，傳入蹲在地上的人耳中，吳灘全身震了一下。

他來這裡幹嘛？

礙於眼淚和紅了的眼眶，吳灘第一時間沒有抬頭，反而繼續看著地上，任憑一頭亂髮遮蓋住大半張臉。

「你怎麼了？還好嗎？」方慕滄的聲音聽起來十分擔心。

「老子怎樣干你什麼事啊？」他的聲音沙啞得簡直像吞了一堆沙。

他們一個一個都這樣，隨隨便便跑來招惹他，又丟他一個人在這無邊無際的深冬之中，現在就連方慕滄也來了嗎？

想到此處，吳灘心中那把壓抑許久，能吞噬一切，連同自身也不例外的怒火，熊熊燃起。

他猛然起身抓住面前人的衣領。

「你們為什麼一個一個的都要來招惹我啊！」

吳灘惡狠狠地將體型較小的方慕滄向後一推，壓在了樹上，後者因為在樹幹上撞了一下，發出吃痛的呼聲，聽到這聲音吳灘的理智線瞬間連上了。

「滾！不要靠近我了！」他鬆開手讓方慕滄滑落在地，接著像是要遏止自己再度動手般，將雙手交叉環抱於胸前，撇開頭看向街燈外的大片漆黑。

本來預期會有離開的腳步聲，但沒想到方慕淞沒有跑走，反而從懷中摸索出某個東西，然後朝他走近了一大步。

「這是你的魚嗎？」

方慕淞用那股吳灘之前領教過的怪力，將他一把轉了回來，逼他看著他，然後將手上的黑鯉魚宛若珍寶般捧在掌心遞了出去。

「這是我的魚沒錯，但……」吳灘接過魚，那特別用心修改過的魚比其他魚小了一些，但也成功營造出另一種精巧的手工藝美感。「怎麼會……」

「我為了赴約，每天晚上瘋狂地到學校裡每一株黃花風鈴木下去找人，哪有人寫黃花風鈴木的，全校這麼多株，我怎麼知道在哪裡！」方慕淞突然洪水暴發似的話語打斷吳灘的問句。「今天要不是鞋帶突然斷掉，我應該已經巡完這一區了，而且你幹嘛這麼兇，我很努力的跑來了，跑到腳都被鞋子磨破了！」

看著抽出濕紙巾拭去黑色休閒衫上灰塵的方慕淞，成千上百個念頭在吳灘腦中打轉著，他只能勉強張口問出最先閃過眼前的那個。

「你知道是我，你還出現？」

吳灘的聲音越說越小，反倒是方慕淞一旦開始進入滔滔不絕模式，就會繼續維持到事件落幕，就像上次去火車站一樣，他也是碎念了一整路。

「嗯，我有猜到。」方慕湁繼續用加快之後，反而變得和正常人一樣的語速說著：「之前你跟賴霖秝說，你的經學報告要做老子，因為那樣你的報告就會變成《老子》的心得報告，你們還笑了很久，然後……」

然而得到肯定的答案之後，所有的聲音都被吳灕屏除了，他愣愣看著完全出乎意料之外的人，嘴巴一開一闔的似乎在說些什麼，在冷風中那些字句化做溫熱的吐息形成了白霧。

此刻在他眼中，方慕湁就像是寒夜之中升起的一盆溫火。

「方慕湁，我喜歡你，要不要跟我在一起？」

※

如果我喜歡你，你剛好也喜歡我，那對我來說就是天底下最快樂的事了。

「你幹嘛笑得這麼噁心啊？腦了終於壞了嗎？」

深夜時分，有個人坐在書桌前撐頰看著手機螢幕癡癡傻笑著，粉紅泡泡的氛圍最終還是驚擾了正在專心打遊戲的蔡子琴，他摘下降噪耳機，壓低了聲音問後方明顯不對勁的吳灘。

此刻寢室只剩他們兩個還醒著，賴霖秝辨識度極高的打呼聲從下舖傳來，睡前會翻來覆去一陣子的林季晴也無聲息了，輔資系的室友們則是跑去夜唱了。

「沒壞。」吳灘身上仍是那件稍早出門前穿的條格紋襯衫，他努力擺出最若無其事的臉回答。

「才怪。」蔡子琴將降噪耳機掛在頸上，拉下身上那件幾乎成為標配的寬鬆紫色大外套帽子，連人帶椅躡手躡腳地滑了過來。「沒壞才不會那個表情。」

「什麼表情？」

「你從凌晨2點看完訊息後，就是那個春風得意的表情，到現在都快四點了，還捨不得去洗澡，前四天回來時可不是這個狀態啊。」蔡子琴看對方又要辯駁，便伸出了一隻食指阻止了那張嘴。「所以我大膽的假設，是告白成功了吧。」

吳灘唰地一聲從椅子上彈起來，椅子向後倒弄出了極大的聲響，下個瞬間從臥舖上伴隨著髒話飛出的是各式隨手可丟的東西，諸如外套、襪子、枕頭或是像剛剛蔡子琴靈活閃過的保溫瓶。

「我要去洗澡了。」吳灘抓起掛在椅背上的浴巾和不知道放了幾天的睡衣，直奔出門。
他們學校宿舍的浴室是出了名的可怕，試想游泳池的淋浴間然後把燈光調暗一半、再把浴室白色的地磚換成缺角的紅磚，這就是他們男宿的共用浴室。
一共八間，每一間都有不同程度的破損，他們一群男生每次洗澡堪比去廟裡抽籤，只是這把籤只有小凶、凶、大凶三種。
凌晨時分幾乎沒有人在使用浴室，吳灘衝進了平常會選的左二小凶那間浴室，那間浴室唯一的缺點就是比起其他間熱水來得更慢，而且容易忽冷忽熱，但其他設備都還算堪用，地板磁磚沒有破裂、蓮蓬頭也沒有堵塞。
一進到隔間內，吳灘立刻扭開了蓮蓬頭，冷水嘩啦啦地澆灌下來，他連衣服也沒脫就直接站在水柱下，稍早的畫面再次躍然於眼前，任憑冷水也澆不熄的滾燙野火在他的心口延燒開來。
「啊，不行，這樣下去心臟會爆炸的。」
吳灘將雙手緊緊壓在臉上，上頭那份潮紅連昏暗的光線也無法掩去。
黃花風鈴木下的方慕湉看著他，長長的睫毛以宛如電影中會出現的慢速鏡頭緩緩眨了眨，接著晶瑩的淚水就這麼從那雙墨色的眼中一滴滴滑落。

那個瞬間吳灘終於明白，為什麼每一次方慕沿哭的時候自己總是如此心煩意亂了。

他從沒見過哭起來這麼好看的人。

那個人邊哭邊用手背抹去眼淚。

晚風拂來，黃花飄落，吳灘心中那份一頭熱的情懷也在風中凌亂了。

「幹嘛哭啦，被老子告白這麼讓你討厭喔，不喜歡就說不喜歡啊，別哭了啦。」

他輕輕地拂去落在那仍哭泣著的人髮梢上的花瓣。

吳灘記得自己那時的心情十分苦悶，畢竟攢起勇氣的第一次告白竟被這樣討厭，而且還討厭到哭了，但方慕沿下一句話直接讓他頹喪的心，宛如遭受到電擊般瞬間復甦。

「不，不是，是因為我想要當那個先告白的人，沒想到卻被想搶先了。」

方慕沿邊抹著眼淚邊說，然後在吳灘做出任何反應前，他像是賭氣似的抬起頭仰望著高出一個頭的人。

「不管如何，這是我人生中的第一次告白，所以我還是要親口告訴你，吳灘，我喜歡你。」

熱水取代冷水嘩啦而下，狹小的淋浴間頓時湧起騰騰蒸氣，濕熱的霧氣夾帶著一絲不知從何傳來的薄荷檸檬草氣味，將那個仍坐在地上的身影，與臉上藏不住的笑逐漸吞沒。

※

「方慕湉。」

冷冰冰的聲音傳來，被點名到的人忙不迭回答：「我在！」

「老子問你一個問題。」

「怎麼了？」方慕湉怯生生地開口。

「我們在一起了嗎？」

「嗯……」

「那你現在坐這麼遠是怎樣？」

吳灑不悅的聲音從全罩式安全帽下傳來，後方被載著的方慕湉足足跟他隔了一個手掌的距離，雙手緊抓著機車後方的扶手。

「可是，其他人的機車就在我們後面耶……」方慕湉遲疑。

「老子不管，你的手給我放到前面來。」說到此處吳灑頓了一下，然後壞心的補了一句：「不然我等等加速你會掉下去喔。」

「哪有人這樣的啊。」

眼看方慕湁還在那裡扭扭捏捏，吳灘一催油門提高了車速，但所謂提高也不過是從時數40提升到了50。

「好啦！你不要加速啦。」

方慕湁連忙鬆開了機車扶手，雙手攀上了吳灘的肩膀。

「不是扶那裡。」吳灘再度提高了一點點車速，來到了仍是慢得要死的55。

「不然要扶哪裡！」方慕湁驚慌失措地詢問。

「腰。」

說出這個字的時候，吳灘藏在口罩後方的嘴角忍不住上揚。

載喜歡的人出門的時候，被從後面緊緊貼著環抱才是正確的姿勢，畢竟想要與喜歡的人有各種親暱的接觸很合理吧。

吳灘那顆沒談過戀愛的少男心一直是這樣想的。

哪知道在一起後，方慕湁竟然開始避免肢體觸碰到他，從那次告白到現在已經過了一個月了，他們連手都沒牽過，吳灘心中的不滿已經攀升到臨界點了。

也不想想沒在一起時，誰主動揹著他穿過大半個校園的啊。

每一次看到方慕湁刻意跟他保持一步的距離走在身旁時，吳灘都會在心底咕噥。

雖然之前糾結了老半天，但是一旦選擇了喜歡，他就不會去在意其他人的眼光和想法了。

這就是吳灘，只要過得了自己那一關，其他人怎麼想他才懶得管。

但這樣想的好像只有他一個。

「你是認真的？」方慕滄仍在猶豫。

「再認真不過了，不然我騎快一點躲開其他人你覺得怎麼樣？」

「不用了！」

聽到他這樣說，那雙搭在肩上的手立刻下滑到了他的腰際緊緊抱著。

雖然是在半威脅半哄騙的狀況下得來的，但吳灘仍欣喜的眷戀著這份從背後傳來的溫度。

這就是被人摟在懷中的感覺嗎？

俯身向前靠著的溫熱軀體，令吳灘再次想起方慕滄揹著他的那個時候。

如果能在那白皙的頸子上蹭上一口該多好啊。

「你不是說會騎慢一點嘛！怎麼騎更快了！」

「啊，抱歉，我想事情忘記控制油門了。」吳灘回神將速度變回40。

「想什麼想這麼認真，騎機車恍神很危險的。」方慕滄抱著他，在身後抱怨。

「想吻你。」吳灕老實回答了，或許有些老實過頭了，他感到身後的人全身一僵。

「什麼啦，你專心騎車。」方慕湁將臉埋進他的背，這是他第一次主動親近他，吳灕覺得自己的心漏跳了一拍。

「逼逼逼，不要放閃啊！你們兩個抱在一起做什麼啊！」嘎嘎的聲音讓方慕湁嚇得向後彈開，雙手又回到了機車扶手上。

今天是兩寢的寢聚，而身為交際花的張嘉麟當然不會錯過人多熱鬧的場合，在聲韻學下課前，聽到了他們要去吃晚餐便跟了上來，還拉上了蕭莛洛當司機。

此刻身為司機的蕭莛洛對上了吳灕的視線，臉上掛著一副讓人猜不透在想什麼的撲克臉。

「我們……」吳灕正打算開口嗆明正身時，方慕湁趕忙把話接過來。

「我怕掉下去啦！」

「嘖，我還以為發現了什麼有趣的頭條。」嘎嘎失望的對前方的人碎念：「洛，你是不是也覺得他們剛剛超曖昧的。」

「有嗎？我覺得還好。」

蕭莛洛冷淡回應完，一看見綠燈便加速離開了，然而，縱使看見其他人都離開了，那雙原先緊緊摟著吳灕的手卻再也沒有抱上來。

吃飯期間，不管吳灘怎麼樣試圖朝方慕湉使眼色或是用盡各種小動作想觸碰他，方慕湉都一律視而不見、避而不碰。

「你們先走，我跟方慕湉有事要喬。」

結完帳時，吳灘臭著臉幾乎惡狠狠地撂下這句話後，便頭也不回的往停在店門另一端的野狼走去，方慕湉則像個做錯事的孩子一樣頭垂得低低的跟在後頭。

「他們又怎樣了啊？」嘎嘎一臉困惑的問身邊的蕭莛洛。

「我去看看吧。」

蕭莛洛準備跟上去時，低頭玩手機的蔡子琴頭也沒抬，默默往前跨了一步，擋去了蕭莛洛的路。

「沒事，吳灘剛剛跟我說他要找方慕湉討債，很快就好，讓我們先回去。」蔡子琴用好聽的聲音說出「討債」兩個可怕的字，給聽者帶來一種更可怕的感覺。

「聽起來不像沒事啊，我家的方慕湉會不會被扒去一層皮才回得來啊。」謝諾以擔心的說。

「讓他們去吧，吳灘不會搞出什麼大事的，他只是看起來像流氓，但骨子裡其實只是小混混。」林季晴將富有童趣的嚕嚕米錢包收進提袋後，幫腔蔡子琴。

「哈哈，很貼切呢，小混混。」賴霖秝笑著重複。「好啦，別管他們了，我們去麥當勞續攤吧。」

說完，賴霖秝等7507的成員，便半推半就的將其他閒雜人等往各自的機車送去。

「吳灘，7507罩你。」

他們背對著吳灘遠去時，心中不約而同中二的響起這句話。

畢竟，吳灘那滿懷少女的憂愁心思只有這群朝夕相處的人們懂。

原先蔡子琴以為吳灘喜歡的對象是TACO學妹，畢竟他看過吳灘在擬的那些情書，但後來某次「圈內人」林季晴，跟他說看見好幾次吳灘盯著方慕淞的背影發呆時，蔡子琴才覺得似乎有這個可能。

林季晴喜歡男生這件事只有蔡子琴知道。

他會知道是因為「處男事件」後，他和林季晴漸漸變熟，對方才主動提起的。

套句林季晴的話：在我們變成好朋友之前，我有義務告訴你這件事。

雖然不覺得朋友有義務去向對方報備自己的性傾向，但蔡子琴仍將這點視為林季晴對他的信賴，因此一直十分珍惜這段情誼。畢竟林季晴就連與他最好的賴霖秝也沒提的事，竟然對他先說了，這點著實讓蔡子琴覺得有些受寵若驚。

之後在某次聊天時，賴霖秝也知道了這件事，他記得當時賴霖秝還為自己不是第一個知道而孩子氣的生了好一陣子氣。

不管如何，在歸納出吳灘喜歡的對象是誰後，他們幾個吃瓜群眾，便將注意力從四面八方收了回來，全擺在了吳灘身上，默默觀察那個小流氓的喜怒哀樂，成了7507最大的樂趣。

直到一個月前，吳灘像傻瓜一樣半夜不睡覺吃吃傻笑卻又不說原因時，他們才認定他終於告白成功，而且對象一定是方慕洽。

因為要是對象是個尋常的女孩子，照吳灘那種直線條又浮誇的流氓個性，絕對會去大肆吹噓和放閃的，如果沒有這麼做反而隱而不宣只有一個原因：對方不希望他說。

本來以為交往後，這場吃瓜人戲就會圓滿落幕了，但他們發現那個傢伙似乎沒有想像中的快樂。

沒回家的假日，吳灘總是興高采烈地出門卻又滿臉失落的回宿舍；上課的時候也是，總是癡癡地望著坐在最前排的人的背影，眼神裡寫滿了如遭棄養的小狗般的悲傷。

談戀愛不是一件快樂的事嗎？至少戀情的一開始，應該是要快樂的啊，要是戀情一開始就不快樂，那談的就不叫戀愛，叫虐待了啊。

蔡子琴在晚風中催足了油門向前衝去，將身後可能會壞事的謝諾以載離不知道會發生什麼事的案發現場。

再次開心起來。

不管會發生什麼事，蔡子琴由衷希望會是件好事，他希望他們家7505的小流氓能

「我還是去看看好了，我怕他們出事，嘎，你去7-11等我一下，我去去就回。」

在眾人上車離去時，原先跟車騎在後方的蕭莛洛，將機車停在了一旁的超商，示意後坐的人下車。

「啊？為什麼啊，我也想要一起去！」嘎嘎發出不滿的抗議。

「打架你打不過吳灑，要是有事，你去也只是被他揍而已，還是你想要被揍？」蕭莛洛的語氣冷然得讓人卻步，嘎嘎嚥了口口水沒再囉嗦，乖乖下了車。

「啊，搞什麼鬼啊？一臉要搶婚的樣子，真的是。」

目送著揚長而去的高大男子，張嘉麟打了個冷顫，慶幸起此刻蕭莛洛要去的地方他不用在場。

蕭莛洛希望自己在場，也希望自己從未出現過。

吳灑將方慕浛以壁咚的姿態壓在了店外暗巷牆上，臉上凶狠的樣子，堪比動漫裡會出現的那種染著金髮，梳著飛機頭，向人索取保護費的不良少年。

原先朝他們奔去的蕭莛洺，看到這一幕連忙停住腳步，靜靜退到了一旁的暗處。

討債。

第一個閃過他腦子裡的正是蔡子琴說過的那兩個字。

高個頭吳灑不爽地盯著被他逼得靠在牆上的方慕湁，而那個總是慢吞吞的人此刻竟也露出一股不輸吳灑的執拗氣勢。

由於距離較遠的關係，蕭莛洺聽不見兩人的對話，卻可以感受到除了節節攀升的緊張氣氛外，那兩人之間似乎還多了些模糊不清的曖昧。

那種近到幾乎要接吻的距離，以及像是奮力按捺著什麼的表情，都再再暗示了他最不想承認的事實。

那倆人在一起了。

蕭莛洺緊咬牙根，及時阻止了自己近乎衝口而出的低吼。

知道自己從來就沒機會，也覺得這機會要給誰都無所謂，只要吳灑能開心就好。畢竟，先前他一直打從心底認為，像吳灑這種橫衝直撞的個性，喜歡的一定也是那種身形飽滿好看的女孩子。

他靠著這份盲目地堅信，努力壓抑自己的感情到了今天，但沒想到自己拱手讓出了的那個機會，竟然是給了方慕湁。

那個吳灘打從第一天就看不順眼的方慕滄。

他沒辦法接受這件事。

要喜歡方慕滄還不如喜歡他，他可是打從開學第一天看見吳灘的時候就喜歡他了。人都會戀慕自己所無法擁有的東西，而蕭莛洛喜歡的正是看起來混亂、脫序、叛逆的人。

開學第一天替吳灘拉開門的一剎那，他就希望這個看起來一臉沒睡飽、頭髮亂翹的混亂傢伙，能永遠陪伴在自己的生命中，那種如此篤定的感覺來得又急又快，簡直像是天啟。

那時在酒吧他是故意吻他的，試探之餘又狡猾地搶在所有人之前，占有那雙從未親吻過的唇。

結果如他預料，吳灘氣得半死，但他也想好了後路，那便是一路裝下去。

吻過、抱過就夠了，沒在一起也沒關係，他是這麼想的，但如今蕭莛洛發現自己錯得離譜。

他想要擁有那個混亂的人。

「媽的！強吻這種下三濫的事老子才不會幹！」

「那你幹嘛靠這麼近！」

「我想靠近喜歡的人不可以嗎？」

「不可以！」

雙方因為激動而提高了音量，那些對話清晰傳入了躲在暗處的蕭莛洛耳裡，原先的壁咚姿勢已經變成了互相推擠準備幹架的態勢了。

「啊！為什麼不可以！」吳灘一拳打在了牆壁上，沮喪地大吼。

「因為大家都在看！」方慕湉用力推開了面前的人。「我不像你總是一副毫不在意他人眼光的流氓樣，我會介意在大庭廣眾之下做這些事！」

「那你幹嘛接受我的告白後，又跟我說這些五四三的。」被猛然一推的吳灘穩住腳步，揪住方慕湉的衣領逼他看著自己。「那你幹嘛說你喜歡我！」

「我不知道！我需要時間想想！」方慕湉大聲吼了回去。

「那你就一個人去想個夠吧！」

說完，吳灘用力轉身跨上了一旁的野狼，但卻在引擎發動之際再次熄火。

「……我讓蔡子琴來帶你回去吧，你現在大概也不想坐我的車……」吳灘的聲音越來越小，最後乾脆閉上嘴，從懷中拿出手機準備撥號。

「不用了，我載他回去吧。」

蕭莛洛從暗處走出，介入了看見他的出現而驚愕不已的兩人之間。

「你在那裡多久了？」吳灘沉著臉開口，而一旁的方慕湉則是以一種尷尬到無地自容的神情退到了角落。

「別這麼兇，我剛到就聽到你在那邊說方慕湉不要你載這樣。」蕭莛洛臉不紅氣不喘地說：「怎麼，你們吵架了嗎？」

「沒。」吳灘簡短生硬回答：「那他就交給你了。」

「那你呢？」

蕭莛洛原先腦子盤算的是該如何利用這次這次機會提高自己的好感度，但看見吳灘張難過的臉，他便忘記了自己下一步應該做什麼了。

「你要去哪？」

「回店裡喝一杯，老子現在突然想喝酒，你趕快帶他回去吧，省得老子等等喝酒還得顧他。」

語畢，吳灘直接穿過面前的方慕湉與他，往後方的店裡走去。

蕭莛洛依約用三貼的方式，載著不發一語的方慕湉和聒噪詢問事發經過的嘎嘎，回到宿舍後，又折返回晚餐那間類似居酒屋的日式丼飯店。

映入眼簾的是吳灘背向門口，頹然坐在座位上的身影，姿態就像那天他在「槍與玫瑰」剛吐完，憔悴坐在路邊硬撐的模樣。

與那天不同的是，此刻他的雙肩正因極力壓抑著一陣陣無法遏止的啜泣而顫抖。

看著吳灘的背影，蕭莛洛突然湧起一股想哭的感覺，他連忙用力抹了把臉，將那份帶著痛楚的感觸抹去。

此刻的吳灘需要他。

蕭莛洛在心中提醒自己，然後深吸了一口氣，找回呼吸的節奏後，帶著微笑踏入店中。

盛開在店門口的那株血色九重葛被一陣急來的宵風撫亂，紅葉與細花如破碎的心，無聲散了一地。

「不要邊哭邊往嘴裡塞東西，會噎死的。」

「媽的，你懂什麼啊，老子就要把自己吃死！咳咳咳……」

「你看，我就說吧。」

吳灘邊咳邊接過蕭莛洛遞過來的冰開水，現在是凌晨12點了，店裡只剩下他們這組客人。

「老闆！再來一份煎餃和牛啤酒！」吳灘配著水嚥下最後一口差點噎死他的鹽味拉

麵後，又舉手朝開放式廚房內的老闆招手點餐。

這間店的煎餃十分好吃，皮薄肉多，配上剛煎起來金黃酥脆的冰花，嘎嚓嘎嚓的大口咬下，麵粉香與肉香在口中四溢，是眾多饕客來必點的一到料理。

熱騰騰的煎餃一上桌，吳灘立刻以一種玉石俱焚的吃相掃了兩個進嘴裡，隨意嚼了幾下，連味道都沒品嘗就吞下肚，接著又再掃了兩個進去。

這種怨恨值滿點的吃法讓剛上菜的老闆不禁咋舌。

「小哥，我家的料理讓你如此不滿到哭了嗎？」原先收走拉麵碗的老闆，還是忍不住折回來問了一個小時前就想問的問題。

「沒事，老闆你們家的料理很棒！這傢伙是一次吃到這麼好吃的料理，才激動到哭的，您別理他，麻煩再給我們一杯生啤酒吧。」蕭莛洛露出能安撫人心的模範生微笑打發走了老闆。

「方慕湁真是太欺負人了，我到底哪裡做不好了！就是喜歡他如此而已，這樣也不行嗎？」吳灘舉起眼前的生啤酒一口乾了，然後用手背抹去了嘴角的食物殘渣，用那雙醉醺醺又婆娑的淚眼看著坐在面前的人。「欸，蕭莛洛，老子喜歡他錯了嗎？」

「你喝慢一點，等等又像上次一樣吐在路邊。」蕭莛洛將話題繞開，沒有正面回答。吳灘是喝傻了嗎？竟然直接坦承喜歡方慕湁。還是，對吳灘來說，出櫃就是一件如此簡單的事？早知道當初就直接告白了。蕭莛洛有些哭笑不得的想著。

「我還真希望這樣，看看那沒心沒肺的傢伙會不會來領我回家！」

吳灖也不介意話題被繞開，反正他現在全副的心思只有那句「我需要時間想想」。因為一句話就哭成這樣真是太沒骨氣了吧！雖然心中這樣想，但眼淚還是不爭氣的掉下來。

這一個月不能說過得超級熱戀，但也是挺開心吧。

他和方慕洽一起騎車去了許多地方，雖然不見得每次都是兩個人，但他的後座總是空下來給他，吃飯時身旁的位置也是留給他。

那傢伙雖然扭扭捏捏，但最後也總是會到他身邊挨著他坐著。

有個人可以陪著聊天到深夜，入睡前有人可以說晚安，醒來時可以抱著期待見到面的心情出門。

難道這樣想的人只有他嗎？想進一步發展的也只有他嗎？

吳灖咚的一聲，用額頭去撞桌面，然後又抬頭起來再撞了一次。

「沒必要這樣吵鬧。」蕭莛洛伸手擋住了第三次撞擊，然後舉起剛送來的啤酒喝了一口。

「欸，你別喝啊！」僅存的一點點危機意識在吳灖腦中敲響警鈴，他抓住蕭莛洛再度舉杯的手。「老子沒心思應付你這個接吻狂魔。」

「不需要你應付的。」蕭莛洛發現自己的話接的太快，於是又補充說明：「上次是梅酒太烈了，啤酒沒問題。」

「幹，我好想要上床啊！」已經醉得差不多的吳灘沒起疑，反倒是趴在桌上將空了的酒杯推來推去，然後大聲咕噥。

「噗……咳咳咳！」

吳灘用眼角餘光瞥了一眼，差點將剛喝下去的酒噴出來的蕭莛洛，不屑的繼續說。

「是男的都會想做些色色的事吧，雖然不知道確切怎麼執行，但我還是會想跟喜歡的人做啊。」

「吳灘。」蕭莛洛好不容易調勻了呼吸。「不要在公共場所說這種話。」

「怎麼了？你也是處男不成？害羞啊？」這次坐在這間店裡三小時以來，吳灘頭一次露出笑臉，他抹去眼淚，抬起頭，笑嘻嘻看著面前似乎臉紅的蕭莛洛。

「咳……這不是重點，重點是，你喜歡方慕湁嗎？」蕭莛洛抹了一把臉，正色地問道。

吳灘又向櫃台點了一杯啤酒，在等酒送來時，他的眼神似乎聚焦了些，他定定地看著蕭莛洛毫不遲疑的回答：「喜歡。」

「喜歡他什麼？」蕭莛洛不死心地追問。

「喜歡他哭。」吳灘又起盤內最後一顆煎餃塞入口中，邊嚼邊說。

「真是變態啊。」

「啊，不，應該還有更多……」

老闆送來了追加的2杯生啤後，再度回去煮麵，宵夜時段到了，陸續有客人進到店裡用餐。

吳灘捧著酒，一臉茫然的看著煮麵時騰騰上升的蒸氣，慢悠悠地接著說。

「喜歡他驚慌失措的表情，喜歡他揹著我走過校園，喜歡他身上薄荷檸檬草的味道，喜歡他俐落推高的後髮，喜歡他也喜歡這樣鬧騰的我……」

吳灘猛得仰頭將杯中的啤酒喝乾，接著毫無預警的突然放聲大哭起來。

「但是他現在不喜歡我了，洛，你說我該怎麼辦啊……」

那個哭著問他怎麼辦的人，突然碰的一聲趴在桌上，然後就這麼流著淚睡著了。

「笨蛋，哪有你這麼愛哭的人啊，平常的流氓到哪去了？」

蕭莛洛從吳灘手中輕輕撈出空杯，並脫下了自己的外套，蓋在了呼呼大睡的人身上，然後用溫暖大手拍了拍那頭蓬亂的捲髮。

「哪有什麼好怎麼辦，繼續喜歡便是了。」

離水

※

「下來。」

「我不要。」

「你給我下來喔。」

「我就不下來，怎樣，咬我啊。」

「吳灘你不要鬧了啦。」

那個語帶命令的口吻，隨著對方的動作而驚慌了起來。

此刻要是警衛沒在打盹，便會發現有兩個人在五樓的防墜網旁拉拉扯扯。

個頭較小的那個，一臉嘻皮笑臉的將腳伸出樓梯圍欄試圖翻過去，另外一個則是拚了命的想將他拖回來。

「等等摔死了怎麼辦！」

蕭莛洛緊抓著吳灘身上那件黑棉T的後襟，在拉扯下原先寬鬆的衣物瞬間像緊身衣般，硬是勒出了底下分明的肌肉線條。

「哈囉，它叫防墜網耶，不就是用來防止摔死的，放手啦，老子想體驗看看高空彈跳的感覺。」

凌晨4點，就連大學生都應該要好好睡覺的時間了，但吳灘卻異常得清醒或者該說異常得不清醒。

他對於自己是如何從居酒屋回到宿舍的一點印象也沒有，當回神，蕭莛洛已經揹著他走進了宿舍，而且還老實的在沒有人顧的櫃台寫了遲到登記簿。

看著蕭莛洛寬闊的後背，吳灘萬分慶幸這次是被揹在背上，而不是公主抱進來的。

想必在昏過去之前一定是激烈的抗爭過了吧。

吳灘在心中給了那個抗爭過的自己一個愛的鼓勵，接著便趁蕭莛洛在按電梯時俐落地掙脫，還順手幹走了對方放在口袋的錢包。

他邊笑邊跑，蕭莛洛一臉不敢置信的在身後追著，他們就這樣一路衝上了五樓。

在你追我跑的過程中，雖然蕭莛洛的腿比較長，但吳灘肌耐力比那個鮮少運動的高個好多了，他還有時間分神看著口字型的天井。

在注意到每向上攀升兩層就會有一張防墜網後，他開始思考，不知道從上面跳下去是什麼感覺，會不會像卡通裡面一樣彈起來啊？

吳灘一想到那個畫面立刻大笑了出來，接著完全不經腦子直接付諸行動。

「會死的！絕對會死的！你們這個宿舍這麼老舊，天知道上次維修是什麼時候！你給我下來！」蕭灑洛壓低了嗓子吼著。

「蕭莛洛。」已經踏出護欄外圍正站在不到一個手掌寬的平台上的吳灑，聲音突然變得十分嚴肅。

「你決定要下來了嗎？」蕭莛洛喜出望外，以為面前的瘋子終於醒了。

「蕭莛洛。」吳灑又嚴肅喚了一聲。

「來，抓住我的手。」為了抓住吳灑，已經探出半個身子的人，連忙空出一隻手準備將對方拉入懷中。

「老子今天過得超不爽的，而且有百分之八十的可能已經被甩了。」

吳灑對蕭莛洛說的話恍若未聞，更不用提那隻伸得老直的手。

「現在，酒也喝了、宵夜也吃了，我還是不爽，所以我覺得跳下去然後彈起來一定會超爽，因此身為我的兄弟，你應該支持我，應該要讓我試一次。」吳灑咬字清晰得宛如在上中國文學史的教授。

「媽的，閉嘴，給我下來！」

這是蕭莛洛漫長的20年人生中第一次爆粗口，聽到那些字句從自己口中脫口而出時他嚇了一跳。

「這才是我的哥們。」吳灑吹了一聲口哨，笑容滿面看著蕭莛洛。「哥們，我去去就回啊。」

「吳灘！」

方慕浛的聲音從那扇敞開的門傳來時，吳灘已經一把揮開蕭莛洛的手，身子以一個完美的弧形投向天井。

那一瞬，那千分之一秒的一瞬，他看見方慕浛趴在護欄邊緣那張梨花帶淚的臉。

「方慕浛。」

他聽見自己喊了他的名字，那脫口而出的聲音聽起來十分不像他，反倒像某個從另一個時空穿越而來，悲傷又破碎的老頭發出的菸酒嗓。

他還來不及訝異，便是下墜，然後再繼續下墜。

一切宛如慢動作撥放的電影，又像是跌入了汪洋之中。

吳灘感受到氣流在耳畔尖銳的呼嘯，也聽見猛烈加速的心臟，將血液幫浦到各處的沖刷聲。

方慕浛怎麼還沒睡啊？平常12點就說要睡的人，怎麼凌晨4點還出現在外頭哭喊著他的名字呢？明明都不管我喜歡他了，現在幹嘛哭成這樣？

還有蕭莛洛，等等沒死也絕對會被他殺了吧，有家回去的人幹嘛不回去，幹嘛管我要死要活啊？明明每一次酒醒我都有辦法自己找路回來，啊，不對……每一次喝醉了，都是那傢伙把我扛回來的啊。

這些在他腦中念頭宛如剎那，又宛如想了數小時。

碰的一聲重物落地的巨響響起，衝擊將他肺裡的空氣全擠了出去，也終於停止了這場感覺像是永無止盡的下墜。

什麼嘛，被騙了，原來不會彈起來啊。

不知道是還沒酒醒還是腦子終於如大家所說的壞了，吳瀰覺得繩子因負荷了他急速落下的重量而勒進肌膚的感覺，雖然痛但是卻又操他媽的爽，他閉上眼哈哈大笑了起來。

「吳瀰！吳瀰！」

那個讓他欣喜不已又悲傷難耐的聲音率先出現，吳瀰睜開眼睛，躺在童軍繩編織成的防墜網上，側頭看著七手八腳翻過欄杆朝他趕來的人。

小瓜呆剛睡醒原來是這副樣子啊。

方慕浛平日藏在厚重瀏海底下那雙墨色的眼睛，此刻著帶淚，就像在冷夜春雨中被打濕的梨花一般。

防墜網也能成功守住墜落的心嗎？如果可以，他想在心中架設數千張網，因為此刻他的心正往深淵直直墜下。

在網子中央的吳灘勉強自己坐起身，盤腿假裝饒富興味地看著對方，那副輕鬆寫意的樣子，完全不像身處在高懸半空中的防墜網上，反倒像等待小蟲自投羅網的蜘蛛。

別朝我走來啊，如果你注定要離開……

「你沒事吧！有沒有哪裡受傷？」方慕淊的聲音聽起來帶著哭腔。

吳灘本來想賭氣說點傷人的話，但看見對方那又急又怕的模樣，本來想講的全都退到了十萬八千不知道哪裡，最後只得孬孬搖了搖頭。

「你為什麼要跳下去？」方慕淊確認他沒大礙後，忽然抓住他的衣領將吳灘拉近自己憤怒地說：「就算是要氣我也不准用這種方式！你聽見了沒！」

這是今天這件衣服第二次被人粗暴的對待，他還蠻喜歡這件衣服的說。

吳灘垂下眼看著皺巴巴的衣襟，有些惋惜地想。

與遠遠看著這一切的蕭莛洛那種要殺人的冰冷不同，方慕淊的憤怒像夜裡熊熊竄起的一把人火，正要吞噬一切時卻被淚水悶住，最後灼傷的只有那顆深陷其中的心。

正因如此，才會哭起來格外的令人愛憐啊。

「淊，你帶我回家吧……」

吳灘順著那被揪住的衣領向前一靠，就這麼倒進了方慕淊的胸口，那顆讓他蹦蹦跳跳發酒瘋，不知何時裝上的金頂電池終於斷電了。

「你要帶他去哪裡？」

當方慕沿以怪力拖著吳灕走回樓梯圍欄時，蕭莛洛伸出手幫了他一把，兩人合力將那個睡死後變得莫名沉重的討厭鬼拖過護欄。

一番折騰後，方慕沿和肩上扛著的吳灕終於站上安全的三樓平台。

「回寢室。」方慕沿一臉理所當然。

「回誰的？」蕭莛洛一閃身，擋在準備向前走的方慕沿面前。

「他的啊。」被眼前人這麼一問，方慕沿狐疑地抬起一邊眉毛。「不然呢？」

蕭莛洛本來似乎想再說些什麼，但手機卻在此時響起，他看了一下來電皺起眉頭。

「那他就先交給你了。」

蕭莛洛語氣不太自然的說完後，接起電話加快腳步離開。

方慕沿轉著腦袋，想起了那句話到底是哪裡令他心煩了。

就是那個「先」字。

為什麼要說先啊？難道之後得要回去嗎？

「吳灕，你是別人的嗎？」方慕沿摸索著房間鑰匙之際，側頭瞄了一眼在自己肩上睡到嘴巴微微張開，還流出口水的人。「還是我的？」

他原先要將吳灕放回7507，但卻發現翻遍了他全身也找不到他們房間的鑰匙，只在口袋裡莫名翻到了蕭莛洛那極有辨識度的布偶兔錢包。

於是他只得帶著吳灘蹋手躡腳地回到了7506。

宿舍裡的人都睡了，凌晨4點，誰不睡誰就是瘋子了。

方慕淊將一看就知道還沒洗澡的吳灘，安置在自己位在下舖那張一塵不染的床上，接著將對方大開的手腳端正收入厚棉被裡。

吳灘睡著的樣子很好看，比起那種瘋癲的活蹦亂跳、或是逞兇鬥狠的小混混模樣，此刻的他看起來像是終於變回自己。

那個在豔陽下揮汗打球、在課堂上專心做筆記、會在校刊上偷偷投稿小說以為沒人發現的人。

那個他喜歡上的人。

方慕淊從居酒屋回宿舍後，賭氣躲進被窩打算睡到天亮，但卻怎樣都無法入睡，於是就這麼清醒到了現在，所以才能聽到房門外那細微的騷動，而此刻吳灘也才會睡到了他床上。

說自己需要時間想想其實是騙人的。

方慕淊知道自己和吳灘有著天差地遠的個性與步調，他永遠無法以吳灘要的速度跟上他，只要還在意他人眼光的一天，只要他還是方慕淊的一天，他就沒辦法拋下一切，去擁抱那個躺在床上睡著的人。

但對於吳灕那句在居酒屋語帶憤怒問出的問題，他確實沒有答案，他不知道自己為什麼要接受告白、也不知道自己為什麼要告白。

或許，一切就是在那麼剛剛好的一刻發生了。在那一刻，他沒辦法逼自己對明明那麼喜歡的人說：不，我們不適合。

春雨就像多愁善感的文人般，動不動就落下紛飛的淚，此刻外頭突然下起了小雨，雨滴打在窗上的滴答聲音格外催人入眠。

「我們就像平仄完全相反的兩闋詞啊……」

就在他出神凝視著吳灕的睡臉，喃喃自語時，吳灕突然睜開眼睛，一把將他拉進了被窩中。

「過來吧，外頭下雨了，一個人待著太冷了。」

被窩裡那低沉又帶著磁性的命令句，貼著方慕湁的耳畔點起了黎明前的火。

總有一天，你會遇見一個讓你察覺原來你這一輩子的每一天，都在屏著息的人，他會讓你發現自己就像一尾即將在大海中溺斃的魚，日復一日等著終能呼吸的一瞬。

將方慕湁緊擁入懷的這一刻，吳灕察覺自己終於能好好的呼吸了。

「別鬧了，鬆開我。」

方慕沿壓得極低的聲音從他胸前傳來，吳灘沒答話，反而將鼻子湊近對方蓬鬆的亂髮中，撒嬌似的嗅聞然後順著後髮往下蹭去。

這個動作惹得方慕沿渾身一震，木板後方與B床緊鄰著的室友將醒未醒的翻了個身。

「放手……其他人都在……」

不知道是被他這一蹭，還是被室友的翻身嚇到，方慕沿連聲音都發顫了。

然而吳灘不想鬆手，這如暖玉的人揣在懷中的感覺很好，能呼吸的感覺也是。

他有一股不知從何而來的預感，如果此刻鬆手，就再也沒機會像這樣擁著了。

反正這應該是在作夢吧，大概是喝多了，在居酒屋睡著然後又作了一個該死的春夢，不然他怎麼可能在方慕沿的床上，明明是被討厭了啊。

啊！煩死了，煩死了！不要討厭我，我明明那麼喜歡你啊。

這句連在夢中也沒能說出口的話在心中發酵，他將懷中的人抱得更緊了。

兩人之間的距離被吳灘拉成了名符其實的『前胸貼後背』，吳灘屈著的長腿，緊緊地貼著身前的人那過於滾燙的腿肉。

像抱著心愛布偶的小孩般，吳灘閉著眼睛一個勁地蹭著，讓薄荷檸檬草的氣味浸染全身。

如果這個夢睜開眼就會不見，那他不想睜開。

「吳灘，別鬧了……」

像是感知到他的想法般，胸前的人在四肢被他牢牢的箝制下，仍努力側過頭，用腦袋推著他的下顎。

「我不要，這樣夢就會醒了。」吳灘更用力閉著眼。

「拜託……」

方慕湉氣息不穩的聲音聽起來頗具有說服力，吳灘僅僅睜開一條縫偷瞄，生怕把自己弄醒了。

不看還好，這一看簡直要命。

那雙奮力仰著頭看著他的墨色雙眼，因為焦急而隱隱透著淚，臉頰也因兩人悶在被裡的熱度而染上了一層好看的胭脂。

吳灘連在超商都能旁若無人的吻了女神，更遑論被窩中只有他們倆。不，應該說，縱使現在外頭有千軍萬馬殺來，這個吻也勢必得親了。

但最主要的是，他到目前仍堅信這一切不過是一場夢，所以在夢中不管他做什麼都是被允許的。

吳灝鬆開箝制住對方的手，一把掐住方慕湁的臉吻了上去。與喜歡的人的第一個吻的感覺香甜，接下來便是火，是那種一旦點燃了就再也無法止息的火。

吳灝略為向後，分開那張準備出聲抗議的嘴，從背後一把拉開對方作為睡衣的寬鬆棉T吻向他的肩膀，再沿著火熱的肌膚往上到達頸部。

「啊哈……」

那聲瞬間被轉成靜音的喘息令吳灝好奇，他將背對自己的人翻過來，發現方慕湁以一種足以令人窒息的力道摀著自己的嘴。

他笑了卻沒有加以阻止，反倒以雙唇輕掃過方慕湁白皙的雙手，一路沿著下巴、下頷骨，最後往耳朵方向舔舐而去，最後便在那裡停下了，他張開嘴極為色情的含著、輕咬著那個費力忍耐出聲的人的耳垂。

抱持著如果自己被這樣舔應該會很爽的心情，吳灝吮著、舔著的都是特別敏感的地帶。

在懷中的人根本禁不起這樣撫觸，渾身像是被燒開的滾水般燙手，最後他那輕若羽毛卻又讓人難耐的吻，再次回到了方慕湁的耳畔。

「湁，我喜歡你。」

方慕湉努力壓下另一陣湧起的酥麻，鬆開捂著嘴的手試著推開吳灘。

耳畔持續傳來的濕潤水聲，與窗外的雨聲交織在一起，這樣連吮帶舔的吻，讓方慕湉根本無法專心思考。

「吳灘，別這樣……」

「別哪樣，喜歡你嗎？但你也說過喜歡我。」

問完吳灘也不待對方回答，開始輕吮方慕湉因為稍早的吻而變得紅潤的下唇，再用舌尖輕撫，接著，慢慢將舌頭伸到對方的嘴裡。

以一個沒有任何經驗的新手而言，順從本性而為的吳灘的技巧確實好得過分了。他將自己的舌放在方慕湉的舌上打轉，反覆輕佻地敲打對方的舌，強勢中又帶著有點欲拒還迎。

「唔……嗯……」

被吻到說不出話的方慕湉可愛極了，吳灘忍不住用空出來的手撫上了方慕湉的頭髮，將那清爽氣味撩撥得更加鮮明，接著那隻染著他氣味的手掌向下撫去。

意識到他打算做什麼的方慕湉，開始大幅度的掙扎，吳灘圈住對方的肩膀不讓他離開，原先在胸前的那隻不安分的手，開始以指尖隔著衣物愛撫底下的身軀，並悄悄地往下游走，一路達下腹。

「不行！」方慕滄猛得抓住那隻打算繼續往下滑的手，力道之大讓吳灘皺起眉頭。

「為什麼？」

在渾身像是要燒起來般難耐的狀態下，吳灘擠出的字句也像是被火燒灼過般嘶啞。

他就不信這種狀態下，那傢伙一點感覺也沒有，他瞇起眼在一片昏暗中仔細地看著方慕滄，那傢伙的確也沒好到哪裡去，除了氣息紊亂外，連臉帶耳根都紅透了。

「我還沒準備好……」方慕滄紅著臉悄聲擠出了這句話，但主要的原因他心知肚明。

「不然你上我吧，我很能忍痛的。」

吳灘頓了一下做出的驚人結論，讓方慕滄瞪大了雙眼。

像是要展現自己的決心，吳灘放開抓住方慕滄的手，火速褪去自己的上衣後一把甩開，然後向後往床上一躺，露出精實的上身與壓抑到極限的一張臉，至於牛仔褲底下的狀態他倆都心知肚明。

方慕滄嚥了口口水，那張俊俏的臉以一種燃盡一切的深沉目光看著他，他難為情地察覺自己確實是有所欲求的。

「不行，不要鬧了，乖乖去睡吧。」方慕滄用了這輩子最大的意志力將自己抽離當下慾火焚身的情緒。

慢慢走，小心走，就不會跌倒了。

方慕湁心底反覆地背誦這句話後，掀開棉被跳下床鋪。

「我去洗個澡，你睡吧。」

那人留下這話後，便連滾帶跑的逃離B床奪門而出，被獨自留在床鋪上的吳灘躲進了仍殘留體溫與氣味的被子中，雙手緊緊環抱著自己赤裸的上身，將自己捲成了一團，無聲地哭了。

春雨落下的夜晚，總有某人在某處傷著心，落著如春雨般零落的淚。

※

吳灘記得方慕湁對他說喜歡時的感覺。

那種世界確實和以往不一樣了的感受如此鮮明，就像能被觸碰到的某種物品。

昨天不在，今天突然就被擺在了桌上最顯眼的地方。

他也記得自己一睜開眼醒來時耳機撥放的歌，那是茄子蛋的「愛情你比我想的閣較偉大」。

電吉他刷過琴弦的聲音十分暢快，背景爵士鼓的聲音就像胸腔裡怦然的心跳。

第三章：春有百花

菸酒嗓配合著窗外的三月雨驟然落下，他年少的初戀裡滿滿的都是他。

然而再偉大的愛情也敵不過一句：「我先去洗澡了。」

方慕洽離開後，吳灘又多待了一下，他告訴自己：如果他10分鐘內回來，他就留下來，再也不走了。

縱使10分鐘像是10年那麼漫長，吳灘仍等著，在時間到了之後，他又告訴自己再10分鐘。

就這樣一延再延，直到晨光穿透了細雨灑入窗櫺，那扇斑駁的木門仍沒打開。

所以他走了，走入永不停歇的霪雨，走入了再也不需要打傘的所在。

「我一開始還以為你跟方慕洽在一起耶，但想想怎麼可能嘛，你們兩個人個性差這麼多。」

嘎嘎將身子轉向反坐椅子，跟身後低頭寫筆記的人閒聊。

這是大二暑假前最後一次上課了，大家都懶洋洋地沒什麼幹勁，天天想著暑假一到要做什麼，或是像嘎嘎這樣，只想把最後一段上課的時間花在閒聊上頭。

那隻振筆疾書的手難以察覺的停了一下。

「啊？你腦袋燒壞了喔，老了，這輩子絕對不會喜歡上男的。」吳灘一如既往一臉鄙夷回應。

那是他提前準備好給每一個斗膽來問他的人的預設答案。

暮春，即是百花凋零的時序。

從7506離開時正是暮春，此刻已然即將進入炎夏，但吳灕的時間卻再沒前進，他將自己留在了滂沱的雨中。

喜歡與不喜歡，大一如此在乎，大二毫無保留，如今準備升上大三，他覺得一切都無所謂了。

誰知道一顆年輕的心竟然可以老得如此快。

他與方慕湁從沒提過分手，僅僅是越走越遠，如此而已。

那天起，他身旁的座位不再刻意的空出，也不再為了誰的一顰一笑傷透了心，該說的那聲早安、午安、晚安仍不失本分地道著。

他沒變，僅僅只是將這份愛戀與失落收拾妥當，並緊緊揣在懷中，接著踽踽獨行，如此而已。

「好了，別鬧他。」蔡子琴介入對話。「與其想那些有的沒的，不如想想等一下的單身派對要去哪裡唱吧。」

蔡子琴過了半個月後就與「熱線你和我」分手了，最主要的原因是身兼數個家教的他，根本沒時間講這麼久的電話，去安撫遠距離戀愛的女朋友。

因此他們這行人便用這個名義，在期末最後一天約了夜唱，找藉口花錢慶祝，也是生為大學生必要的一環。

「嘉年華就好了吧，還可以去文路那間幽靈海產店外帶蚵仔煎當宵夜。」嘎嘎很喜歡熱鬧還有美食，只要湊齊這兩條，便可以成功轉開他的注意力。

蔡子琴在嘎嘎愉快地說著要點什麼菜的時候，朝吳灘眨了眨眼，原先以為對方會回給他感激的笑臉，但吳灘一副事不關己的樣子，收好了鉛筆盒和筆記，連一聲再見也沒說，自顧自地離開教室了。

「晚上夜唱去不去？」

眼看吳灘就要離開教室了，蔡子琴趕了過來一把攔下他，後者停下腳步後，低頭看著黑色帆布鞋的鞋尖，沒打算跟對方對上眼。

「他會去嗎？」

他們彼此都知道那個「他」是誰。

吳灘知道蔡子琴不是靠著八卦知道這件事的，因為他就是一個這樣的傢伙，不用過多的言語便能洞悉一切。

「會，還有TACO學妹和女神學姊還有蕭莛洛也會去，幾乎你認識的人都會去。」

「喔，這樣啊。」

吳灘終於抬眼看著面前穿著過大的滑板外套、在頸上掛了副全罩耳機的人。

「分手快樂，祝你快樂，你可以找到更好的啊，掰掰，老子今晚有事，不去了。」

吳灘怪腔怪調唱完歌後，咧開嘴笑了。

目送著他獨自一人離開的身影，蔡子琴此刻心中的難受更勝於自己分手時的心情。

那副討人揍模樣仍是吳灘，卻又有點不一樣了，就好像原先那個真正的吳灘已經躲起來，或是消失不見了……

※

喀滋。

易開罐拉開的聲音，不知何時竟成了夜裡唯一能寬慰他的聲響。

吳灘坐在無人的司令台上，前方是漆黑一片的操場，他的身旁已經放了五瓶台啤的空罐。

此刻唯一的光線來自於司令台後方的排球場，不知道是哪個人投了幣後，沒練到完就走了。

清冷的光線似乎將夏夜裡的蟬鳴也凍結了，四周寂靜無聲，只有嘴裡蔓延開來的氣泡嗶啵作響。

氣泡，就像那些沒說出口的話，又刺又麻又扎人。

今晚幾乎所有的人都去參加暑假前的派對了，但吳灘哪也不想去。

他不想再窩囊地待在角落，等著方慕滄一個安撫的眼神，接著當他滿懷希望試圖靠近時，又被那人技巧性地在眾人目光下無視。

眼囚。

他就快要被向來不在意的目光囚禁至死了，但那握著鑰匙的獄卒卻死都不願多看他一眼。

想到此處，吳灘皺起眉頭，仰頭灌下一大口已經不冰的啤酒，但這口喝得太急，一時間所有的氣泡衝向鼻腔，咳得他連眼淚都流出來了。

當終於緩下來後，吳灘將手上的空瓶洩憤般隨手甩向一旁，空罐彈了兩下最後滾到了樓梯口的暗處。

聽到空瓶匡噹落地的聲音後，他整個人便像斷了線的木偶般，向後重重癱倒在了堅硬的水泥地上。

ＬＩＮＥ上的幾個道歉和解釋有什麼屁用？

反正他這輩子永遠都搞不懂方慕湉口中，因為誰誰誰在場所不能怎樣的話。

「媽的，想待在喜歡的人的身邊，究竟犯了什麼千夫所指的罪啊？」吳灘將手臂重重壓在眼睛上。

最近他很容易在喝超過第五罐之後，不由自主得落下眼淚，那是一種連他也無法克制的反應，就像某個原先鬥得死緊的鎖，被酒精輕而易舉轉開。

「的確沒什麼罪。」

聽到這個聲音，吳灘立刻放下手臂，映入眼簾的是僅隔著10公分之差面對著自己露出微笑的女神學姊。

受到極大驚嚇的吳灘連滾帶爬退到了司令台邊緣，驚愕地盯著穿著真理褲與白T的學姊。

「學弟，你看到鬼是不是啊？」女神學姊大笑出聲，然後走了過去，一屁股坐到吳灘旁邊。

「學姊，妳怎麼在這裡？」還沒緩過來的吳灘顫顫巍巍地，問之前還掐了自己的大腿肉一把，確認自己不是醉到出現幻覺了。

「我來夜跑。」學姊指著自己在司令台邊緣搖啊搖的腿。

「可是，蔡子琴說妳去夜唱了⋯⋯」

「啊，本來是要去的，但因為一天沒練就覺得渾身不對勁，所以後來還是跟子琴學弟說不去了。」

女神學姊說完後便在口袋中摸索，最後出乎吳灘意料之外地掏出了一包菸，他看著學姊熟練敲了敲淡藍色的菸盒後，抽出一根遞到自己面前。

「抽菸嗎？」

「不……我沒抽過菸。」不知道是因為驚嚇還是因為酒精，一向要面子的吳灘這回倒很老實。

見他拒絕，女神學姊僅聳了聳肩，自顧自點起菸，深深吸了一口，將白色的煙霧噴向空中。

「原來學姊會抽菸啊？」吳灘看著散入夜空中的煙霧，菸草的氣味與學姊身上好聞的香氣交雜在一起，縈繞在他的鼻腔。

「很驚訝嗎？」

「有一點，因為學姊感覺不像是會抽菸的人。」他搔了搔頭有些不好意思。

「學弟，倒是像會喝得爛醉的人呢。」

學姊笑著說完，又吸了一口菸，那雙豐潤的唇吐出煙霧，修長的手指夾著細白的菸，簡直像是海報才會出現的畫面，讓吳灘看傻了眼。

「我剛剛在樓梯有看到一罐，沒想到原來上面還有這麼多罐啊。」

「啊，我會收拾乾淨！後面的燈很亮，我等等會把垃圾撿乾淨再走的。」

原先還亮著的燈像是要與他唱反調般，精準地在他說完後啪的一聲熄了。

「欸？這燈怎麼回事啊。啊，ㄍ……」

吳灕慌亂的起身，卻踩到自己亂丟的空罐險些跌倒，想到學姊在場，他在髒字衝出口前及時煞車。

「你坐著吧，我等等開手電筒，我們再一起整理吧。」

學姊拍了拍身旁的座位，吳灕有些不好意思坐下，那根被學姊夾在指間的燃菸，一明一滅地閃著星火。

吳灕默默地拉開了一罐酒遞給學姊，又替自己開了第六罐。

夜深了，晚風吹來，蟬鳴隨著熄滅的燈火再次響起，兩人就這麼靜靜地坐在司令台上喝著酒，吹著風。

少了光害的夜空，星光斑斕，群星高掛在夏夜朗朗清空上，這一幕美得令人屏息，也令吳灕暫時忘了獨自在這夜裡喝悶酒的原因。

過了一會，原先仰望星空的學姊收回了目光，突然開口。

「吳灕，有喜歡的人嗎？」

這個問題伴隨著第六罐的酒精攻勢猛烈襲來，吳灘一時沒忍住，淚水竟潰堤般嘩然而下。

上大學之前，他從來沒有在人前哭過。

但自從愛上方慕淞後，他那不甘心落下的淚，蕭莛洛見過，現在女神學姊也看見了，唯獨方慕淞沒有看過。

「有。」吳灘極力壓低聲音，意圖蓋過哽咽的感覺。

「那他喜歡你嗎？」

學姊轉頭看著他，一雙杏眼映出他哭得狼狽的臉，吳灘下意識掩住了自己雙眼，他討厭看見這個人，他討厭因為愛而軟弱的自己。

「我不知道，我真的不知道……」

「沒事，阿灘，沒事啊。」

旭嬉將身旁那個比自己高出半個肩頭的人，輕輕攬進臂彎中，讓明顯全然喝醉的人靠著自己的肩膀放聲大哭，一手順著因啜泣而不斷顫抖的背，空出的另一隻手將菸湊至唇邊深深地吸了一口。

吐息間，白色的煙霧被風吹散，消失在夜空，僅剩幾縷不甘願的白煙乘著風緩緩上升加入群星之中。

滿天的星光燦爛下，有人正在與朋友歡快的夜唱，有人在司令台上放聲痛哭。
這就是大學生的生活，如此平凡無奇卻又……

※

曾經，他是個只相信今日的人。
如今，他厭倦昨日，徬徨今日，恐懼來日。

「吳灘，你有空嗎？」
那通電話打來時，吳灘差點沒接到。
喝得醉醺醺的他躺在司令台上，忘記自己在喝到幾點的時候哭了，也忘記自己是在何時打電話，請國忠學長來把同樣喝到醉醺醺的女神學姊送回女宿的。
他努力拼湊的那些片段記憶中，最鮮明的是學姊窩在他腿上睡著時的樣子，以及自己將腦袋靠在學姊肩膀上痛哭的蠢樣。
如果可以喜歡上別人該有多好。

「怎樣？」

他懶得起身，就這樣躺在水泥地板上，仰望油漆剝落到令人髮指的司令台天篷。

由於語氣比自己想像中的還兇，對方可能也被他嚇到了，沉默了幾秒鐘才開口：

「我想找你吃宵夜。」

這下換吳灘靜默了。

現在到底幾點啊？他將手機略微拿開後，看著上頭顯示的時間。

才凌晨3點？吳灘以為自己和學姊已經一路喝到天亮，沒想到從開始喝到現在才過了幾個小時而已。

「你們不是去唱歌了？」

吳灘揉著發疼的太陽穴，試圖讓自己清醒一點。

深夜的列車轟然而過，在他眼中留下殘影後，向前駛入薄霧中。

他們學校操場後方有一條老舊的軌道，離操場近一點的宿舍，幾乎每天都可以聽到列車壓過舊軌道時的吵雜聲。

「你在操場嗎？」電話另一端的人似乎也聽見了火車的聲音。

「我在哪裡，你在乎嗎？」

脫口而出的語句就這麼凝結在空中。

吳灘挑釁地講完後有些後悔，因為這句話聽起來超遜的，簡直就像是大聲呼喊：「拜託，你快來找我吧。」般可悲。

「操，你想怎樣啦？」吳灘用力揉亂了自己的頭髮，把懸在空中的話，自己再接了回來。

「我在車棚等你。」那個一向溫吞的聲音，此刻顯得格外果斷。

「啊？」吳灘從地上彈了起來，不敢置信的「啊」了一聲。

他懷疑自己聽錯了，那個放生他將近兩個多月的人，竟然主動說要說約他，看來天要下紅雨了。

「我在車棚等你。」方慕滄加強語氣再說了一次後，掛上電話。

吳灘愣愣地看著被掛斷的電話，各種情緒一起湧了上來，讓他整個腦子天旋地轉。

「掛電話是怎樣？叫我過去我就得去嗎？我是狗嗎？」

雖然嘴上不甘願地碎念，吳灘仍掙扎將自己從地上撐起，將散落各處的鋁罐投入資源回收桶中。

一切收拾妥當後，吳灘搖搖晃晃地走到了操場旁的洗手台，用冷水狠狠沖了自己滿頭滿臉。

冰冷的水沖刷而過時，吳灘打了個哆嗦，整個人瞬間清醒了不少，他看向面前的鏡子，裡頭映照出的鳥巢頭狠狠地瞪了回來。

「你最好給老子爭氣點！別搞砸了。」

吳灕戳了鏡中的人的額頭，再朝他比了個中指後，轉身往位於操場另一端的車棚蹣跚晃去。

這就是他，傻得可以的他，在被忽略了兩個月後，僅因一句話，而再次邁開等在原地、發誓不再向前的步伐。

「吳灕，你喝醉了嗎？」

「不，我很清醒。」

「那你為什麼走路搖搖晃晃？」

「不是我在晃，是地板在晃。」

真心話沒半句，這種垃圾話倒是說得特別順暢。

吳灕雙手抱胸靠在波羅蜜樹上，看著已經自備好安全帽等在野狼旁的方慕湉。

老實說，他現在的狀態已經抵達一個臨界點，要不吐出來、要不倒頭睡著，但他拒絕了這兩個必然的結果，死命地撐著。

他想跟方慕湉去吃宵夜。

眼看方慕淞被他的垃圾話堵得一時不知道該怎麼接，吳灘將口袋的鑰匙拿出來，努力穩住腳步試圖發動機車，但不管試了幾次，鑰匙始終插不進鑰匙孔。

「鑰匙給我。」

方慕淞朝他伸出手，示意吳灘交鑰匙給他，但醉眼迷離的吳灘下意識握了上去。

「嘿，我是要鑰匙啦。你現在不能騎車，會被警察抓走的。」方慕淞試圖掙開卻被抓得更緊。

「淞啊，我問你。」吳灘握著那隻手，將方慕淞拉向自己，兩人之間縮短到一個足以接吻的曖昧距離。「老子是你養的狗嗎？」

「什麼意思？」

方慕淞仍在掙扎，吳灘意識到這是他們第一次牽手，如果現在這種狀態也算是牽手的話。

他心中僅存一點理性的警鈴大作，試圖攔住他接下來要說的話。

「從那次之後，你躲我躲了兩個月，現在你一通電話就讓我來車棚找你，怎樣？老子是你家養的狗嗎？得乖乖地在原地等，讓你呼之則來，揮之則去嗎？」

啊，還是說了……

吳灘看著面前人停止掙扎，垂下頭看著機車棚那個從他們入學到現在，已經快兩年了還沒修好的破碎水泥磚。

「不然你要我麼辦？」

那句話以近乎耳語的聲音說出，卻在吳灘耳中震耳欲聾的迴盪。

「這句話，是我要問的才對吧！你要我怎麼辦？我得等你到什麼時候？」

吳灘聽見自己的聲音中明顯的哭腔時，一陣強烈的自我厭惡感襲來，他什麼時候變成一個動不動就哭的廢柴了。

「放手！」方慕湉抬起頭語氣憤怒，他的眼眶也紅了。「我推掉了夜唱的續攤，就是為了回來找你一起吃宵夜！為什麼你還要苛責我？」

「為什麼我不能以男朋友的身分和你一起去，和你的朋友一起去玩！」吳灘拚命藏在眼眶的淚，終於不爭氣地在方慕湉面前滑落了。「方慕湉！我們到底為什麼要這樣躲躲藏藏，只能在凌晨３點去吃宵夜啊！」

「因為我永遠沒辦法跟你一樣！我不是你！」方慕湉終究還是甩開了吳灘的手，他越過那個宛如被凍結般愣在原地的人奔向男宿。

「你愛過我嗎？」

身後的人沒追來，僅是靜靜地低語，正是這份安靜讓方慕湉收住了步伐。

平靜語調下的那份悲傷，宛若一片看不到盡頭的汪洋，他在這頭，吳灘在另一頭。

每個人都有需要被安慰的時候，就看那種時候，誰願意為你多付出一點，或是你願意為誰多付出一點。

方慕湝背對著吳灕，欲言又止的那句話始終沒有說出來。

※

有你、沒有你的日子其實都一樣，畢竟你從來不在我身旁。

暑假來了又走了，吳灕回到老家後，關閉了所有社交通訊軟體，就這樣像人間蒸發般過了三個月，直到開學前一晚才頂著一顆大平頭出現在宿舍。

吳灕開門的瞬間，沒人認出他，所有的人都以為他是走錯寢室的噗籠共新生。

「同學，你是不是走錯地方了？」賴霖秝從A座位向後翹著兩腳椅，看著進來的人率先發難。

「啊？」

這聲「啊」太有辨識度了，一聽見這聲音，7507的眾人立刻圍了過來，朝那顆理成平頭的腦袋又摟又抱又親。

等大夥都鬧夠時，吳灘已經看起來像被一群狗舔了一輪般狼狽。

「操，噁不噁心啊，你們這些瘋子。」

吳灘將行李隨手拋上B床，然後拉開座位區的抽屜抽出一大堆衛生紙，將腦袋抹了一遍後，再一屁股坐下把腳翹到桌面上，開始玩起手遊。

「你明明有手機啊，幹嘛都不回訊息？我們本來暑假要找你去看展耶。」林季晴用一副「抓到了」的臉，看著玩手機的人。

「老子去山上修練。」吳灘頭也沒抬隨口回了一句。

「是要修練什麼？」賴霖秝也將椅子滑過來加入話題。「葵花寶典喔！」

講完賴霖秝自己先笑出聲，一旁跟著起鬨完已經回去座位的輔諮系室友，聽到這句話，露出一臉關愛的眼神回頭看了他一眼。

「你什麼年代的人，現在沒人會這樣接吧。」蔡子琴將椅子移了過來，說出了輔諮系室友的想法後，好奇湊過去看吳灘在玩的遊戲。「喔？你在打UL喔，我也有玩耶，加一下吧，我喜歡用艾伯，雖然會爛散，但是看他長得好看，又養了一隻狗的份上就原諒他了。」

「嗯，等我這局打完。」吳灘仍沒有什麼過於激烈的情緒反應。

「所以你去修練什麼了？」賴霖林不死心追問。

「絕情大法。」

吳灘一本正經地回答完後，眾人先是愣了一下，接著又再度撲了過來，朝他又摟又抱了起來，只是這次的力道明顯比前一次更加用力了。

「媽的，你們衝啥啦，到底有什麼毛病！」最後吳灘好不容易從一群瘋子手中脫逃，火速爬上上鋪的床位。「老子要睡了，誰上來，我殺誰啊！」

撂下這一句話，他便將頭蒙在被子裡，怎樣都不出來了。

「我們家的阿灘果然失戀了。」

過了一段時間，眾人都以為他真的睡著時，有個他聽不出聲音的人，輕聲地開口。

「明天晚上一人買一罐台啤給他吧。」

「要不要堆成罐頭塔的樣子？」

「幹，你辦喪禮喔！」

「失戀，本來就是一場與過去告別的喪禮。」

眾人你一言我一語地出著餿主意，最後這句他聽出來是賴霖秝的聲音，原先以為賴霖秝只是個單細胞生物，沒想到竟然能說出這麼有詩意的句子。

那新詩報告為什麼寫不出來啊？明明就很會。

吳灕在被窩中翻了個身，那些熱烈討論罐頭塔的聲音瞬間安靜了下來，接著便沒再說話。

他閉上眼。

那個人此刻就在隔壁房吧，他也在B床的位置上躺著嗎？

想到此處，吳灕察覺自己再度陷入深海中。

伸手不見五指，連一絲光線都不給予的深海，如同無聲背對他遠去的人。

從那晚之後，只要一想起方崀湉，他總是會像墜入海中一般，感到胸口傳來陣陣冰冷與窒息的感受。

最後他哭了嗎？背對著他越走越遠的方慕湉臉上，最後是什麼表情呢？

如同每一齣愛情片必然有的場景，那天方慕湉往宿舍走去時，他轉身跨上野狼，這次倒是一試就發動了，他一催油門衝出了校門。

那條通往正中區的產業道路上，凌晨3點只有他一人，薄霧讓整條路的街燈朦朧了起來，宛若染上一成霜。

吳灕將時速飆到了90以上，但就連風在耳畔的呼嘯，也掩蓋不了心裡傳來的那一聲崩塌般的巨響。

此生再也不會有第二次的初戀就這樣結束了嗎？

「方慕湁！方慕湁！方慕湁！」

騎著野狼大吼時的聲音，連他自己都快認不出來，那種嘶啞又悲痛萬分的嗓音劃開了霧氣也割傷了他。

吳灕意識到自己正失控喊著那個讓他傷心欲絕的名字，於是加快了速度，彷彿這樣就可以逃過身後席捲而來的巨浪。

但終究沒有人逃得了海嘯。

最後一次催油門時，野狼宛若受了重傷般發出一串奇怪的聲音，接著就在路中央熄火了。

吳灕奮力地轉動鑰匙發動了幾次，又死命催了好幾次油門，但那隻野狼仍固執地停在原地一動也不動。

「為什麼？」

他跳下機車，連試圖扶著機車的動作也沒有，就這麼將那匹陪他經歷了無數日月的野狼摔在地上，吳灕摘下安全帽發狠甩向路邊。

「為什麼你不給我答案啊！如果你不愛我，為什麼還要跟我告白啊！」

他仰頭朝漆黑的夜空放聲大喊，接著便氣力用盡頹喪地倒在馬路上，靠著那隻跟他一樣傷痕累累的野狼。

「為什麼你不喜歡我啊……」

他屈著腿，緊緊環抱著自己，因為，此刻他也只剩下自己了。

※

「……灘，吳灘，起床了。」

隱約間，吳灘聽見有人在叫他，但他不想起床，夢中他正與某個沒見著面孔的人，共度一個相擁入眠的溫暖雨夜。

「吳灘。」

那個聲音在他將醒未醒的意識中，聽起來出奇的耳熟，吳灘反射性地朝聲音的方向伸出手，一把將人給勾進了被窩。

「湉，陪我多睡一會吧，現在外面下雨，好冷的。」他蹭著那個溫熱的身軀呢喃。

「看你失戀的份上我讓你抱三秒，三秒後不鬆手，我就要揍人了。」

冷冷的聲音鑽進耳內，吳灘像是遭到電擊般猛地彈起。

「幹，林季晴你跑到我床上幹嘛！」

慌亂之中，吳灘腦子閃過之前看過的網文：室友吸翹。他一把推開懷中的人，掀開被子檢視自己褲子是否安在。

「我沒那麼不挑，你放一千萬個心好了。」林季晴從床上坐起，身上穿著準備外出的服裝。

「你什麼意思？」吳瀧緩過來後，一臉不悅開口：「老子不是說，誰上來，我殺誰嗎？而且『沒那麼不挑』是怎樣？嫌我醜啊。」

「嘖，開學第一天就這麼鬧騰。」林季晴「嘖」了一聲後，沿著梯子爬下上鋪。

「今天早八，添程教授要點名，你自己收一收趕快出門，其他人已經走了，我也要先過去教室了。」

「幫我占一個後面的位子，我買杯咖啡就過去。」

吳灘打了個大大的哈欠，他忘記自己夢見什麼了，只感受到心頭遺留下一抹溫暖又悲傷的餘韻。

已經走到門口的林季晴，突然抬頭看著上鋪正在搔著頭，似乎也對這新髮型有點不習慣的人。

「你不醜，蠻好看的，只是不是我的菜。」

「啊？」

吳灘無語目送說完就自顧踏出房門的林季晴，無奈地爬下床。

現在時間早上7點45分。

昨天他連行李都沒開，只拿出被子和枕頭就睡了，此刻，他站在貼在門上的全身鏡前，端詳自己是不是夠人模人樣，不用再重新找衣服穿。

刷破牛仔褲配上寫著Lifeisshort的黑色標語T恤，再加上平頭，鏡中的他看起來更像剛從監獄放出來的小混混了。

吳灘嘆了口氣，抓了抓腦袋，踏入九月日漸柔和的日光中。

如果要說他這三個月具體做了什麼，除了剪去一頭讓他心煩意亂的亂髮外，大概只能說什麼也沒做吧。

吳灘的老家是在中部某個可以看到大片稻田的小鎮，這三個月他每天都牽著家裡的老狗，去田間的產業道路散很長很長的步。

微風吹拂下稻浪翻騰的樣子，總讓他感到平靜，就連家鄉午後灑落的陽光，不知為何也比其他的地方暖和。

只要關了手機，一切就像回到美好的往日時光，回到那個整日在田中追著狗奔跑，不用煩惱三餐，也不用煩惱戀情的野孩子回憶中。

在老家的三個月，讓他暫時逃離了結了霜的炎夏。

如今開學了，那些連白日也結霜的日子再度回來了。

「靠，這什麼髮型，你更生人喔！」

剛踏入教室，不出他所料，嘎嘎第一眼看到他就爆笑了出來。

「怎樣，羨慕嗎？」

吳灘放下後背包，躲在最後一排座位啜飲著從超商買來的大熱美，再度回到課堂，讓他心中的厭世感逐漸攀升。

那個坐在前排的背影看起來與以往一樣，俐落的後髮，過大的背包，溫吞地吃著早餐，慢悠悠和身旁的人搭話。

方慕湁就在觸手可及的第一排，卻又遙遠得像在海的另一端。

頃刻間，吳灘再度覺得自己無法呼吸，他鬆開握著咖啡杯的手，深怕一個不小心將紙杯捏壞。

冷的感覺隨之而起，他不知道此刻自己那顆心是要被凍傷抑或灼傷。

心臟在他的胸腔越跳越快，就像是為了某人漏跳了半拍後，便再也無法校正回來般紊亂。

媽的，明明已經在海底了，為什麼痛的感覺仍如此強烈？

吳灘藏在桌面下的手，緊緊握著拳頭。

「你為什麼不回訊息？」

在令他越發難耐的痛苦中，有個人出現在吳灘身前，擋去了他面前所有視線，包含那個令他無法呼吸的身影。

蕭莛洛195的身形，不管看幾次都還是會令他感到一陣驚訝。

「老子去修練，沒時間看手機。」

吳灘此刻萬分感激蕭莛洛的出現，他躲在蕭莛洛的陰影下，再度捧起咖啡慢慢喝著。

「修練什麼？」蕭莛洛狐疑地抬起一邊眉毛。「審美技巧嗎？那很顯然絕對是失敗了，你剪這什麼頭啊？」

「是吧，不只我這樣覺得吧！」嘎嘎竊笑著附和蕭莛洛。

就在此時，謝諾以從後門走了進來，被嘎嘎瞄到，立刻將他抓了過來。

「欸，謝諾以你看，吳灘這顆頭滿分10分，你給幾分？」

「我……呃……10分吧。」

謝諾以欲言又止地說完後，便加快腳步走到方慕湁身邊的空位坐定。

吳灘偷偷看著謝諾以對方慕湁咬耳朵的畫面，他知道謝諾以正在跟方慕湁說他的事，然而方慕滄始終沒有轉過來。

「啊？今天的大家怎麼都這麼奇怪啊？」嘎嘎不解地來回看著逃離現場的謝諾以，和不知為何怒氣沖沖的蕭莛洛。

「吳灘，你手機的訊息……」

蕭莛洛本來打算繼續念，但這時上課鐘響了，班長一分不差地緩步走上台拿起麥克風，蕭莛洛也只好坐回座位，但仍直勾勾盯著他。

「大三了，照慣例我們中文系要辦一場畢業公演，歡迎大家盡量投稿。」

吳灘鬆了一口氣，他在昨晚終於打開手機後，裡面出現最多的就是蕭莛洛的訊息了，每一則都帶著令他不知所措的關切和擔憂。

其次是女神學姊，學姊似乎對那晚喝醉的的事情很抱歉，一直傳訊息來說希望有機會可以好好聊聊。

但手機裡不管多或少的訊息留言中，方慕滄的一則也沒有。

「我們……咳……將在下週三選出劇本，然後……咳……咳……開始選角。」班長邊咳邊說著。

此刻站在講台前的班長將自己包得像癌末病人般，頭戴毛帽、身穿毛線外套還戴著口罩。

「有限主題嗎？」

某個人舉手發問，他看著那個人卻想不起他的名字。老實說，吳灘一直覺得都上大學了還有班長真是奇妙的事，明明是一群互不相干、連某些人的名字也想不起來的成年人了。

「沒有，咳咳咳……什麼主題都可以。」班長發出一連串掏心掏肺的爆咳。「那再重複一次，下週我們會把投稿的人的作品印出來，接下來就會展開全班票選和選角了。」

吳灘，今年大三了，從中國文學系畢業也正式進入了倒數階段。

他細細品味著這一連串開放徵稿的消息，一邊還得裝作毫不在意的樣子，但腦中的劇本已漸漸成形。

如果你的人生中注定沒有我的位置，那我只好將你寫進我的故事裡。

※

若有人問起，他是什麼時候開始寫作的，他也記不起確切時間，但那確切的事件倒是記得一清二楚。

開始寫作是他升上國一的第一天。

相較於國小男生之間的小打小鬧，上了國中的打架儼然進階到下一個層次。

新生入學第一天，吳灘被老師指派去倒垃圾時，一群國三的學長在資源回收場將他攔下，說他看起來很囂張，要教訓他。

說到打架，被爸媽還有國小師長稱作「打架雞仔」的吳灘完全沒在怕，普通日子裡的衝突要是有機會揮個兩拳，他絕對不會放過。

更何況，此刻他完全不知道自己哪裡惹到學長們。

平白無故被攔下來讓他很不爽，所以哪怕此刻眼前是五個比他還高壯的人，縱使來十個更高更壯的人，他也照揮拳不誤。

「會動手的人，沒在動腦子。」

要是蕭莛洛在場一定會這樣斥訊他一頓，但當時候他一個小混混闖天下，靠的就是這股沒在動腦的蠻勁。

這場架最後結果顯而易見，吳灘被揍得七葷八素，整個人跌坐在根本沒來得及倒，就已經撒了一地的垃圾旁，臉上青一塊紫一塊，還狂流鼻血。

從一旁破碎的全身鏡中，他看見了自己身上制服沾滿汙泥與斑斑血漬。

那件前一晚，老媽特別用手刷洗得雪白，還燙過的制服，此刻變得面目全非得像一條掛在身上的髒抹布。

這個畫面讓他不由得一陣怒火攻心。

他從地上彈起，掄起隨手撿到的廢棄木椅，將得意洋洋坐在一旁抽菸、翻他書包的國三生全打趴了。

狗咬狗，最後誰也沒有去告訴老師。

倒是當天他在聯絡簿生活分享欄中，亂寫的關於一群野狗穿著制服打架的奇幻短篇〈抹布制服〉被導師投稿到了校刊上，獲得了小說組第一名的佳績。

說來也好笑，開始動筆，竟始於開始認真動手揍人的那一天。

那天之後，他時不時會寫些東西投稿，內容大多是揍過的人、愛過的人、有的沒的日常瑣事。

這些他寫來玩的作品，有些甚至替他拿下了獎狀和獎金，但吳灕一次都沒去領過。

在他那顆中二而年輕氣盛的心中覺得，自己要是跟文學扯上關係，絕對會被一起鬼混的狐群狗黨說是娘娘腔，因此只要能把腦子裡轉的東西寫出來，讓那些故事代替他被看見，吳灕就滿足了。

但現在不一樣了，他想讓方慕淤知道，這個故事是他寫的。

從下定決心的那刻開始，吳灘成了全中文三最難約的人。

少數幾次他給約晚上，就屬開學第一天的晚上最令眾人印象深刻。

開學那天的下課，7507中文系的眾人和半推半就的蕭莛洛，負責去買單身派對的東西，這期間由賴霖秝拉著吳灘去吃晚餐。

當7507看見吳灘順利被拐出教室後，便七手八腳衝去學校附近的奇普大賣場買酒買餅乾，準備替吳灘的初戀辦一場風光大葬。

正在結帳時，林季晴的電話響起，傳來賴霖秝驚慌失措的聲音。

「完蛋！我把吳灘搞丟了。」

「啊？你再說一次！」

林季晴的聲音讓身旁的人全湊了過來。

「我去個廁所出來吳灘就不見了，打手機給他他也沒接。」賴霖秝的聲音氣喘吁吁的，似乎正在邊跑邊找人。

「你們去哪裡吃？」蕭莛洛湊近電話大聲問。

「連長水餃啊。」

「那他應該是走去廟口買芋圓和雞排了，你去紅燈籠那邊看看。」蕭莛洛篤定的說。

「我正往那邊走，啊！我看見人了，你怎麼知道啊？你在他身上裝追蹤器喔！」賴霖秝相當驚訝。「欸，不講了，他要過來了，你們去把寢室布置好，我等等半小時後帶他過去。」

掛斷電話後，眾人的視線從手機轉向了那個站在酒櫃前的高個。

「我猜的。」蕭莛洛很淡定。「他每次吃完水餃都會去買芋圓，而且今天是開學第一天，他應該也會想吃好久沒吃的炭烤雞排。」

「要不是我跟你很熟，我會以為你是變態跟蹤狂。」林季晴狐疑看著他。「該不會你也喜歡他吧？」

「好了，我們去結帳，再拖下去，誰知道賴霖秝會不會又把我們的小流氓搞丟。」蔡子琴介入對話，拉著林季晴走向櫃檯，結帳手上那一大堆東西。

「喜歡又能怎樣呢？」蕭莛洛提著手上的餅乾跟了上去。

輕輕飄出口的那句話，沒人聽見。

「……你們現在是在我桌上辦公祭嗎？」

雖然知道他們要疊罐頭塔，但吳灘沒意料到會是眼前這麼浮誇的場面。

連在一起的長書桌上，疊了一座五層的台啤罐頭塔，周圍放了許多不知道去哪裡搞來的菊花，還有一堆包裝上用奇異筆歪歪扭扭寫著「失戀快樂」、「下一個會更好」等字眼的乖乖餅乾，像墓碑一樣散落在菊花叢中。

臭臉的蕭莛洛和蔡子琴等人，全換上了黑色素T，站在敞開的7507門前迎接他，收到「公祭」通知的輔諮系室友，則善解人意的選擇了去夜唱。

「一醉方休！乾杯！」

賴霖秝身手矯健地爬上書桌拿起最上層的啤酒，打開後交給吳灕，接著又拉開了另外4瓶，遞給在場的人。

吳灕心中那份剪不斷理還亂的情愫，就這樣在開學第一天，被埋進了由一堆乖乖組成的亂葬崗裡。

他無言看著眾人神情肅穆接過啤酒的模樣，默默嘆了口氣。

算了，就喝吧。

「有酒堪喝，直需喝」

是吳灕新的人生座右銘。

不喝，他該拿心中這份沉重又難受的感覺怎麼辦？又該怎麼在每個宿舍度過的晚上，不去想那個人就在隔壁房躺著的這件事？

分手了嗎？還在一起嗎？他沒有勇氣再問，也不覺得自己堅強到足以承受答案。

隨著賴霖秝的一聲口號，眾人仰頭灌下台啤。

在被一群比他還要鬧的傢伙圍繞著行大禮之際，吳灘第一次覺得灌下的酒不再那麼苦澀。

他們這一群人，就這樣窩在宿舍從晚上7點喝到了凌晨1點。

吳灘的酒量在上學期末那些獨灌悶酒的夜練得不錯，但其他幾位仁兄可就沒這麼行了，唯一一個跟他繼續喝的人只剩蕭莛洛，其他三位紛紛在座位或是地上橫七豎八地躺著打呼。

「你第幾瓶了？」蕭莛洛拉開一罐啤酒遞過來。

「五，這是最後一罐，喝完我不喝了。」吳灘接過酒後起身走到窗邊，一把拉開窗子，讓夜晚的涼風徐徐吹入稍嫌悶熱的室內。

「為什麼？」蕭莛洛坐在林季晴的座位好奇詢問。

吳灘回過頭看著雙頰染上一抹紅暈的蕭莛洛，想起那晚在「槍與玫瑰」的慘痛教訓，便站在窗前沒走回座位。

「沒為什麼。」他喝了一口酒，淡淡地補了一句：「但你應該也不希望我再去跳防墜網吧。」

「我就知道你還記得。」蕭莛洛將他桌上放著的一把菊花丟了過來，被吳灘反手擋開。「你真的很屁孩耶。」

「你那天這麼晚回家，有沒有被罵？」吳灘一臉不可置否聳了聳肩，收下了屁孩的稱號，接著繼續問。

「沒有，我跟我爸說你吐了，我揹你回宿舍是日行一善。」蕭莛洛頓了一下，最後才問出心中最想問的那句話：「那你那天有回寢室嗎？」

「如果你是想委婉地問我們有沒有上床，那大可不必。」

吳灘一口氣喝乾了第五罐啤酒，然後以投籃的姿態向垃圾桶一拋，結果沒進，還是蕭莛洛起身替他撿了回來。

「看在你這麼多次扛我回來的份上，我就直說了，沒有，我們沒有上床，那傢伙拒絕我了，不管是肉體還是心靈。」

想哭的感覺隨著話語湧現，但這次他壓了下來，吳灘伸手摸了一把刺得扎手的平頭，露出不在乎的笑。

理這顆頭的時候，他就告訴自己除非收到最終結果，不然不准再流任何一滴眼淚，他真是他媽的受夠了哭哭啼啼的自己。

「蕭莛洛，你……」吳灘這一句話還沒說完，突然被緊緊擁入懷中。

被一個195公分的人抱著，任誰都會有演偶像劇的感覺，而且還是偶像劇女主角的感覺。

雖說是突如其然的一個緊擁，但擱在他肩上的雙臂卻出奇溫柔，吳灘聞到了蕭莛洛身上帶著鳶尾花淡雅的香氣。

鳶尾花的花語是什麼啊？他在那人懷中試著回想那年為了現代散文查的資料，卻發現一個字也想不起來，那模糊不清的回憶，僅浮現了一縷淡淡的薄荷檸檬草香氣。

「吳灘，你別這樣笑，不想哭，不代表一定得笑啊。」

他本來想掙扎，但聽到這句話後，一時間，所有從那晚開始累積在心上抑鬱的情緒竟一時把持不住，全湧上心頭。

「媽的，蕭莛洛，你這個混蛋，別讓我想哭啊。」吳灘將腦袋抵在那人胸口，垂在身側的雙手緊緊握著拳頭，眼淚一滴一滴浸溼了對方的黑T。「我已經說好不哭了，你不能這樣對我。」

「跟誰說好啊？你這傻子。」蕭莛洛仍擁著那個在自己胸前哭得泣不成聲的人，淚水也從那雙望著吳灘的眼角無聲地落下。「想哭的時候，就哭吧。」

窗外一片漆黑，夏蟬唧唧，空酒罐散落一地。

倘若遇見了一生一次必須愛的那個人，該怎麼用胸口這顆被傷透了的心，繼續天真的談一場沒有未來的愛戀？

這夏夜，青澀被思念浸濕，而那些身在其中的心，忽然間，就老了。

「大家都有收到參賽作品的大綱吧，那就來投票吧。」

班長的病似乎好多了，聲音也顯得中氣十足。

那日喝完酒後，蕭莛洛與吳灉都沒再提起緊緊相擁的事，就像有些愛戀從來就不可能實現，有些事也不需再被提起。

「〈離水〉、〈夢巡〉、〈角換腳〉以上這三篇，是本次參加劇本徵選的作品，請將手上畫記好的票卷摺好，投入票桶吧。」

吳灉揣著寶貴的一票投入票桶時的心情，堪比初次告白。

這個作品是他在不知喝乾了幾罐啤酒，刪去多少字句後壓死線生出來的產物，也是他第一個正式署名認領的作品。

當全班都投完票後，班長開始一張一張開票，吳灉這漫長22年的人生，從沒有像現在這麼緊張過。

那畫在黑板上的正字記號，對他而言彷彿囚犯畫在牆上數日子的記號。

《離水》一票、兩票、三票……

吳灘殷切盼望的目光眾人都看在眼裡，就像他看向方慕湉的背影，只有他自己以為隱藏的很好。

正如俗語「觀其眸子，人焉廋哉。」的那句老話。

那份對自己珍愛事物的愛戀，藏也藏不住，至少眼睛不會說謊。

「好，本次開票結果意料之外的如黑板上標示的，畢業公演劇本由吳灘《離水》當選，掌聲通過。」

班長那句意料之外道出了眾人的心聲，那些掌聲中，不乏驚訝的目光與喝倒采的聲音，吳灘在這片聲浪中，起身瀟灑的揮了揮手。

畢竟他向來都不是以本名去發表那些在系刊上的作品，也一如既往的沒認領過獎項，因此只有少數人知道他有在創作這件事。

本來他也打算繼續維持這個模式下去的。

「謝謝厚愛，我會把你們一個個都寫死的。」

吳灘像是當選總統般，燦笑鞠躬謝票，而他抬頭的一瞬，方慕湉對上了他的視線。

那雙讓吳灘愛上的漆黑眸子中，閃耀著他無法辨識的明亮情緒。

但確實是在看著他。

就為這一瞬，對上視線的這一瞬，吳灘願意赤身裸體，迎向此刻那些充滿懷疑與不信任的眼神千百萬次。

方慕湁，看著我吧，不要再將目光轉開了。

「沒問題的話，請編劇下週三繳交劇本。」班長公事公辦的聲音傳來。

「啊？」

吳灕本來正中二的揮著當選的手勢，一聽到一個禮拜交稿，他直接恢復本性。

「媽的，班長，你有沒有寫過劇本啊？一個禮拜拚出一篇劇本根本不可能。」

「至少要能生出角色讓我們選角，不然戲劇老師來的時候沒有東西給他，進度就會落後的。」班長「這點小事理所當然」的態度，竟讓吳灕一時間回不出話。

至此，中文系最難約的男人正式誕生。

在沒日沒夜趕著劇本的過程中，他忘了蕭莛洛、忘了女神學姊，更不用說那個一無所知的TACO學妹。

他全副的心神投注在《離水》中，投注在方慕湁那抹看向他的視線中。

「學弟，喂，吳灕！」

被那個熟悉又陌生的聲音喊住時，吳灕正拎著貼著友善食光的飯糰，從學校的全家走出來。

此刻的時間是凌晨3點，他最近都這個時間才出來吃東西，其餘的時間全窩在電腦前努力趕劇本。

夜空飄著毛毛細雨，四周一片漆黑，只剩下超商還亮著，宛若海中的孤島。

這場雨已經連續下了好幾個星期。

吳灘撐著透明的傘，站在台階上瞇眼搜尋聲音的來處時，發現行政大樓前的圓環有個人正揮手朝他跑來，連忙撐著傘迎了上去。

「你手機塑膠做的喔！」

女神學姐快步衝進了他的傘下，那高高紮在腦後的蓬鬆捲髮帶著水珠，看起來是夜跑到一半遇上下雨。

「學姊？妳怎麼大半夜還在跑步？」吳灘將傘傾向對方，聽見自己的聲音像吞了一把沙一樣，有些不好意思的搔了搔腦袋。

畢竟他已經一整天沒跟任何人說話了，腦子轉的都是明天要交出去的劇本。

「最近在戒酒，睡不著。」

學姊將擋在眼前的幾縷髮絲掠開，一頭烏黑的髮將白皙的肌膚襯得更好看了。像朵深山中帶露的百合花。

吳灘將眼神轉開，但那矮自己一顆腦袋的身影，仍透過超商的玻璃映入眼中。

「這點小雨不用撐啦，不要轉移話題，你為什麼不回訊息？被抓去關了喔？」

「沒有被關。」吳灘不知道該對眼前的人說什麼，只得順著話接。

和學姊在操場喝得醉醺醺的回憶，讓他有一種背著學長幹壞事的感覺。

更不用提他還靠在人家女孩子的肩膀上放聲大哭，這畫面想幾次就讓他想死幾次。

「阿灘，你知道我整個暑假都在等你回訊息嗎？」女神學姊揍了他的肩膀一拳。

「從來沒看過你這麼不乖的直屬耶，為什麼人家的都又乖又可愛，就我的這麼叛逆？」

「學姊半夜出來跑步，國忠學長都不會講話嗎？」吳灘對這狀甚親暱的一拳略感尷尬，因此搬出了學長擋。

他不是那種會背著人家男朋友跟女生糾纏不清的人，當然更不想領教系壘學長那根看起來打到絕對會出人命的球棒。

「我不是陳國忠的所有物，而且我一直都是半夜去跑步，沒必要因為有了男朋友就改變吧。」

學姊理直氣壯地站在他跟前，雙手叉腰的模樣，竟讓吳灘覺得莫名的帥氣。

「也是。」他嘴上說著，心裡卻想著另一件事。

一段關係裡的兩個人，從來就不該是彼此的所有物，但他為什麼卻如此渴望被誰所有呢？

「阿灘！」

「嗯？」吳灘的思緒飄遠了，一時間沒注意到學姊說什麼，直到一個響指，他才回過神發現學姊正盯著他。

「我說，我明年五月就要畢業了，所以給你一個機會，有誰欺負你，你現在直接跟我說。」女神學姊做了一個捲袖了的動作。「我替你揍完他再走。」

今年夏天的尾巴長長地拖著，暑熱與涼宵交替之時，總會起霧或降雨，氣象播報員說這是滯留鋒，黏膩的空氣裹在身上，就像深陷無法抵岸的水中。

「……沒人欺負我。」吳灘深吸了一口夜裡潮濕的空氣後，緩緩開口。

「那，我畢業後，你可不要再一個人坐在司令台喝悶酒了。」

吳灘沒多說什麼，僅是順從地點了點頭。

學姊看他點頭後便不再說話，開始伸展因站著講話而冷卻的肌肉。

「學姊，還要繼續跑嗎？」

「是啊，今天的目標還沒達成呢！」

說完，學姊原地小跑了一下後，抬頭對上了吳灘的視線。

從這雙好看且熠熠生輝的淡色杏眼中，吳灘彷彿看見了那日在超商的吻，以及那句「不討厭」。

「旭嬉學姊，那天妳為什麼要說不討厭我呢？」吳灕低聲問出一直卡在內心深處的那句話。

「因為那天的吳灕，看起來很討厭自己。我家阿灕，你啊，太急著愛人了，忘了在愛別人之前，得先愛自己。」

旭嬉柔聲說完，踮起腳尖，拍了拍吳灕那顆垂得低低的腦袋。

「好啦，我走了，不然跑到天亮也達不了標。」

學姊離開後，不知過了多久，吳灕仍站在原地，那把透明的傘像是遭人遺忘般落在一旁，雨點在傘上滴答。

「你們7507都沒人管得住這個瘋子嗎？」

蕭莛洛的碎唸聲伴著吳灕的擤鼻涕聲從教室傳出。

「要是管得住，我們會找你來鎮壓他嗎？現在外面下雨，沒準他等等又要跑出去，就像這禮拜的每一個下雨天。」林季晴邊抱怨邊拿出包裡的溼紙巾，給那個鼻頭都快被擤破的人。

「不要說得老子好像什麼精神病患！」吳灕猛咳了一陣後接過濕紙巾。「誰會沒事這麼愛衝去淋雨？」

「你啊。」在場的7507異口同聲。

今天是角色徵選日，戲劇老師把徵選時間定在放學後，徵選評審除了老師之外，還有身為編劇的吳灘以及導演謝諾以、舞監蔡子琴、副舞監林季晴。不包含編劇，其餘上述的職位都是戲劇老師自己欽點出來的。

戲劇老師是個十分有個性的中年男子，講話直，做事方式更直，不喜歡的東西絕對不會有半句好話。

今年的大四學長姐因為碰上疫情而停辦畢業公演，因此所有人注意力都在放在了他們這屆。

吳灘還記得當初將劇本給老師，老師看到是古裝劇時，面色凝重，大大嘆了一口氣的畫面。

當下場面之肅殺，吳灘還以為老師會直接換劇本，但所幸後來翻了幾頁後，老師便沒再多說什麼，開始著手後續安排。

目前徵選已經將所有次要角色都定案了，唯獨幾個主要角色一直兜不攏。

「欸，你唸一下這句台詞。」

「我嗎？」

「不然勒。」

在吳灘因重感冒恍神之際，評審桌另一端的戲劇老師突然指著他，要他走到台前。從沒想過會被cue到的吳灘，在戲劇老師凌厲目光威逼下，起身走上台。

「快啊。」

當眾唸自己寫的東西簡直就像公開處刑。他拿起劇本，哀莫大於心死地像唸課文般唸了一次。

「同學，你要是再不好好帶感情下去唸，我們就別演了！」

深怕老師真的會把劇本撕掉，吳灘鐵著臉深吸了一口氣，開始唸那句指定的台詞。

當他唸完後，現場一片安靜無聲，所有人都屏息看著站在台前的人。

最後，戲劇老師打破了這魔幻的一刻。

「好，這個角色就是你了，其他人回去吧，接下來我們選女一。」

「啊？老師，女一不是選完了？」謝諾以指著劇本畫線的地方。「剛剛妹妹的角色不是已經確定由劉芳芳擔任了？」

「那才不是女一。」戲劇老師那張冷峻、不苟言笑的臉突然勾起一抹微笑。「你沒讀懂劇本啊。」

「嘿？不然女一是誰？」

謝諾以困惑看著手上的資料，劇本上寫著角色明明只有男一、男二、女一、女二這幾個，日前只剩下男二，和擔任男二某一世輪迴的女二沒選，其他都訂好了。

吳灕寫的這個故事，他看了不下千萬次，劇情幾乎都背起來了，他十分確信沒有第二個女一這個角色。

那是個關於報恩的悲劇故事，裡面的男一和女一是由鯉魚化作的兄妹，為了報答男二在百年前旱災時，給予即將死在乾涸水塘中的他們一桶水的恩情，在修練成人後，不斷守望著男二每一世的輪迴。

然而兄妹最後因為要不要繼續這份永無止盡的守望而產生意見分歧，最終哥哥選擇留下，兄妹就此走上不同的道路，以為再也不會相見的兩人，卻又在因緣際會下再度相遇。

之所以說是悲劇，最大的原因在於，最後幾乎所有的人都死了，不管是人還是妖。

謝諾以還記得戲劇老師看完劇本後，找他們來討論時的感想，他說這是一個不斷追尋，卻沒有人真正獲得幸福的故事。

「欸，你，對，就是你，這一排最後一個，你先上來試試看。」戲劇老師蠻橫的聲音傳來，將謝諾以拉回現實，他看見老師指著站在男二等候席的人。

「等等，老師，你指的是來徵選男二的演員。」

「我說他是女一，他就是女一。」

謝諾以一臉不敢置信地看著翹起二郎腿的老師，更令他錯愕的是那個回應的聲音。

「可是，老師我只是來陪導演的而已，沒有要徵選。」方慕湁那顆小瓜呆頭從隊伍尾巴探出頭，一臉不知所措。

「上來，導演你的劇本給他，讓他唸最後一幕。」

戲劇老師那極有穿透力的眼神，落在他們這群涉世未深的大學生身上，簡直就像是在鹿面前開了探照燈，他們一群毛頭小子也只能傻傻地任憑擺布了。

方慕湁捧著劇本顫顫巍巍往台前一站，謝諾以注意到對方似乎微微發抖著。

大概是害怕吧，要是今天換作他突然被叫上去，絕對也會抖成落葉的。

然而站在講台上的方慕湁聲音出奇得穩，唸出台詞時的眼神和姿態，造成的效果與吳灑不相上下。

在戲劇老師得意的目光下，方慕湁的名字被強行添入了演員名單中。

「NICE，男二就你了，早點出來演一演就好了嘛，這樣大家不就都可以早點下班了，最後一個，換女二。」

戲劇老師掃視了一下在場的女孩子，每看一個眉頭就鎖緊了一些，最後目光停在了站在後門，幫7507顧東西的人身上。

「你，上來試。」

台上的眾人你看我，我看你，一時間沒有人講話

「又怎麼樣了？你們真的是問題一堆。」戲劇老師語氣很不耐煩。

「老師，不好意思，我是男生。」

蕭莛洛尷尬又不失禮貌的開口，林季晴和蔡子琴一口氣憋著，滿臉脹紅，眼看快要爆笑出來之際，戲劇老師又作出了驚天發言。

「我有眼睛，看得出來。」戲劇老師以一種「你們拉低了我的智商」的語氣回應。

「可是女二……不是……不是青樓舞伎嗎？」蕭莛洛結結巴巴，心中的驚嚇全寫在臉上。

「我需要一個身高高的跳舞，這樣整個氣場才撐得起來，過來轉一圈，然後唸這句台詞。」

謝諾以一直覺得要選誰，戲劇老師心中早有個底。但如今，看著蕭莛洛在台上旋了一圈，唸出柔媚的台詞，他突然領悟到，戲劇老師那顆驚天地泣鬼神的心中，沒有從來都沒有設置任何底限。

今晚，這場公演上的每一顆棋子，都被恰如其分的安置好，就等著一切正式拉開序幕。

※

離水

「欸，吳灘。」

吳灘睜開眼睛，驚覺自己又趴著睡著了。

這是這個月，他不知道第幾次上課上到陷入昏迷，所幸這節是混班上課的通識課程，老師和學生彼此都不熟識，很好混過去。

選角之後，本來以為可以直接開演的他們簡直天真過頭，戲劇老師要求他們編導組開了許多次會議，將劇本由內而外，再由外而內的翻了數層皮，又加了數層回去。

一夥人就這樣從學期初忙到了學期末，連好好休息的機會都沒有，更不用說和其他演員有接觸了。

然而選角那天的震撼感，過了快一學期了仍像是昨日般清晰。

那些與他糾纏不清的人，到了最後仍全部攪和了進來啊……

「衝啥？」

吳灘仍貼著桌面，懶洋洋地側過頭看著身旁的人，蔡子琴臉上的黑眼圈沒少他幾圈，他們倆最近靠著早晚一杯熱美式在撐著。

「今天放學18：00這間教室裡對戲。」蔡子琴將手機滑到他面前。

「為什麼要選週五晚上啊？我改了一個禮拜台詞，改到快往生了。」吳灘低聲哀號著，他本來打算等等下課就要衝回宿舍大睡到週日。

「週五晚上他剛好有空，想先看男一和女一對詞，然後週六、週日兩天全部主要角色一起練，到時候會交給謝諾以看。」

「剩下最後兩個禮拜就放寒假了，他也不放過我們……」

吳灘咕噥，但眼睛再度緩緩的闔了起來。

「欸，我睡一下，下課叫我，不，我就在這裡睡吧，彩排叫……」

話還沒說完，他就這麼側著臉，流著口水墜入了夢鄉。

當他再度醒來時，發現外頭天已經黑了，整間教室只剩他一個人，吳灘張望了一下，發現蔡子琴的書包還在後便拿出手機。

傳來的訊息如他所料，蔡子琴先去超商買東西吃了。

吳灘看了一下時間，差10分鐘就6點，現在過去也來不及，於是他果斷放棄了晚餐的選項，只讓蔡子琴過來時幫他帶一杯熱美式

反正這陣子，他的胃已經習慣了他有一餐沒一餐的模式。

吳灘起身伸了個懶腰後，便在空教室裡亂繞。

「今晚要和女一對戲啊，劉芳芳是那個排球甜心吧。」他邊走邊喃喃自語。「沒什麼跟她說過話，等等會不會很尷尬啊，不過她的個性的確蠻像文薇的，感覺是個敢愛敢

恨的女孩子。」

「嗨。」

正當吳灘在黑板上東塗西抹的畫角色關係圖，出神想著文薇和文離這一對兄妹間的對手戲時，突然有個聲音從後門傳來，他嚇得心臟差點從咽喉跳出來。

「幹，蔡子琴，要死喔！老子的心臟差點停了。」

他不管三七二十一先嗆再說，嗆完之後回頭才發現站在後門的人不是蔡子琴。

方慕湁穿著白色短袖襯衫和藍色牛仔褲，抱著大背包站在後門。

直到看到他的當下，吳灘才驚覺自己好久、好久沒有看到這個一直固執盤踞在他心中不肯離去的人了。

「我來的路上有看見蔡子琴，他在超商用餐區睡著了。」

方慕湁慢慢走進教室，選了一張看起來最乾淨、沒有被塗鴉過的座位，拿出酒精噴瓶和濕紙巾開始消毒座位。

「你為什麼在這裡？」吳灘生硬擠出話語，腳則像生根似的黏在了講台前。

「因為老師說要對戲。」方慕湁仍埋首於消毒座位的工作中。

「對戲？今天不是男一和女一嗎？」

「老師說的女一是林沫澤……」方慕湁手上的動作頓了一下後繼續。

聽到這句話，吳灕想起了選角那天老師確實這樣講過，但當時他的注意力完全被方慕滄捧著劇本，唸出裡面字句的樣子給分心了，完全沒有注意旁邊那個一直在暴衝的戲劇老師。

林沫澤和文離的對手戲嗎？吳灕在腦中飛快地翻了一下劇本。

很好，裡面沒有什麼太多的……

不對，文離的台詞裡面，滿滿的都是他想說卻沒能說出口的話啊。

「你上次唸台詞的時候，很有張力，沒想到你這麼厲害，會寫又會演。」方慕滄的聲音將驚慌失措的吳灕拉了回來。

「你也不錯。」

吳灕想裝作若無其事地走回座位，但方慕滄選的那個位置好巧不巧就在他旁邊。向方慕滄踏出的每一步，都令吳灕心痛不已。

他記得將他緊擁在懷中時的感受，也記得他們分開後就沒再說過話。

與方慕滄在一起的每一刻，不管多短暫，他都記著，也仍痛著。

女神學姊說他只顧著愛人卻忘了要愛自己，但如果一顆心已經裝別人了，要怎麼再裝進自己，他真的不曉得。

「你頭髮變長了，之前理的又長回來了。」

當吳瀰終於在方慕湉身邊用吊兒郎當的姿勢，藏起全身緊繃的狀態坐定後，立刻將那雙顫抖不已的手收入口袋中。

「嗯，我沒時間再去弄第二次，怎樣，現在看起來帥嗎？」吳瀰反射性給出這種輕鬆寫意的垃圾話。

此刻他突然希望自己能喝上一杯，或是隨便來個誰都好，只要能阻止他們繼續獨處。

這種假裝什麼事也沒發生的對話，逼得他快要抓狂了。

方慕湉的聲音傳入吳瀰耳中，他轉頭看向座位旁的人，方慕湉對上了他的視線後繼續唸下去。

「文兄，生得可真俊。」

「既然有緣遇上了，不如我們結為兄弟吧，文兄今年貴庚？」

這是第一幕，書生林沫澤在進京趕考的路上，與獨自前來報恩的文離第一次，也是最後一次相遇時說的話。

為了扭轉一無所知的林沫澤原先客死異鄉的命運，鯉妖文離用盡了一切來到恩人身邊，散盡自身修練千年的元神，只為渡他一劫。

看著方慕湉，他的方慕湉，他的快樂與悲傷。

吳灘閉上眼，將此刻那雙看著他的眼深深烙印在心底，然後緩緩開口。

「……但我多希望你能記得，多希望有天能親口對你說出這些話，如果我是人，就不需要這樣躲躲藏藏了吧……」

明明痛得要命、明知沒有結果，卻奮不顧身向前的人，是傻子還是瘋子？

「終幕，文離將死未死前的最後一語，充滿了眷戀與不捨，壓抑到深處的飽滿情緒，就憑這個，林沫澤就是本劇被深深愛著的女一。」

戲劇老師不知何時出現在他們身後，他倆瞬間從座位彈起來，吳灘踩到自己的鞋帶，一個踉蹌與方慕淊撞在了一塊。

他就這樣在戲劇老師面前撲倒了方慕淊，兩人之間的距離瞬間縮到負數。

之所以為負數是因為在跌倒的一瞬，吳灘直接吻上了方慕淊發出驚呼的嘴，觸碰到了濕潤柔軟的舌。

「幹！拍謝！我不是故意的！」吳灘在接觸到方慕淊後又閃電般躍起，一把拉起了那個被壓在自己身下面紅耳赤的人。

「NICE，我就知道你們之間有過一些火花，現在這齣劇若要能成，你們倆就得將這些火花燃燒成熊熊大火。好，我們開始彩排吧。」

「這個老師太鬧了啦！這麼晚才收工，我們都不用睡啊？」

吳灘將蔡子琴的背包甩上肩，手上拿著自己的帆布提袋坐在桌上，看著方慕淊走到前門關電燈。

他們一路練到了12點老師才放人。

「我覺得老師很認真呢。」

又來了。

老師離開後，他們那種客套又疏遠的對話再度浮現。

吳灘沒再搭話，在方慕淊背對他關燈時，用手指輕輕掃過嘴唇，第二個吻的餘韻仍殘留在他雙唇上。

「對不起，剛剛不小心親到你了。」吳灘嘆了口氣，用手背抹了抹雙唇，抹去那種軟弱的盼望。

「不用道歉吧。」方慕淊關上了最後一盞燈，教室陷入一片漆黑。「我們不是戀人嗎？」

我們是嗎？

吳灘還沒問出這句話，方慕淊不知何時來到他身邊，然後吻了坐在桌上的他。

在這昏暗無人的教室的中，那個有著薄荷檸檬草氣味的戀人，柔軟的雙唇緊緊貼著他，熱切又難耐地索求著。

吳灑覺得自己被那人向後壓上了桌面。

外頭又下起了雨，淅瀝的雨聲蓋過了他倆擁吻著的聲音。

這絕對是夢。

否則那麼多的心痛與悲傷怎會僅因一個吻忽而消散無蹤，忽而翻倍萬千？

「灑，我的灑，你是我的還是別人的？」

方慕湉在吻與吻之間，輕聲細問。

吳灑沒回答，僅以雙手環過方慕湉的頸子，拉近自己吻了上去。

我希望我是我自己的，因為當你再次將我拋下不要時，我還能有個地方去。

※

「以淚水開始的，必然以淚水收束，不斷追尋與掙扎，卻注定無法得到幸福的這一群人，在水中囚泳，不為抵岸，只為守候一縷塵緣，歡迎蒞臨本次的中文之夜……」

戲劇老師的聲音透過轉播傳入了演員預備區，吳灑身旁站著的人默默開口。

「要上台了，你會不會緊張？」

「你誰啊？」

「……」

「開玩笑的。」

兩個完全看不出「原形」的人，肩併著肩站著。

身穿水藍色華服美豔的舞伎，正輕啟朱唇，由著彩妝組的同學在那雙豔得不能再豔的唇上補色。

另一個身穿魏晉白色古裝配上黑色外掛的人，左額到眼睛的部位，正由外聘老師加強那道彎過眼廓的細膩藍黑色鱗片，替俊美的外貌添了一絲妖異。

「會，怎麼不緊張，排了這麼久的戲，終於要上了。」

吳灘側頭看著蕭莛洛，那名高大的男子竟然意外的適合這套舞伎的服裝，完全沒有女裝大老那種違合感，反倒是那雙眼裡含著的柔光，被眼彩突顯得更加鮮明。

「吳灘，為什麼文離最後沒有跟凝香在一起？」

蕭莛洛補完了唇妝，彩妝組開始在他裸露的後頸塗上厚重白色粉彩。

「如果他們在一起，不就不會發生後來，凝香終其一生癡癡等著文離回來，然後孤老終身的結局了嗎？我覺得這個活劫比死劫，還要讓她難受萬分啊。」

他一開始很抗拒演女性角色「凝香」，但在戲劇老師的「調教」下，他開始進入角色，最後演活了這個因為家道中落而被賣去青樓的黃花閨女。

凝香在遭人惡意縱火的青樓中，被來報恩的文離即時救出，化了這一世的劫，確認凝香衣食無虞後，文離便在某個下著雨的夜裡消失了。

「因為恩人不能變情人。」吳灑淡淡地說。

「可是如果注定要走，為什麼文離又要在最後一幕對林沫澤說願意生生世世守候他？生生世世的守候，不就代表了每一世都要與他共度嗎？」

蕭莛洛執拗追問，配上妝髮，此刻的他簡直就像是在追問為什麼青梅竹馬不能在一起的女孩。

「對文離來說，不管轉了幾次皮相，是男是女，恩人永遠是恩人，有些線一旦越過了……」

「越過會怎樣？」

吳灑注意到左舞台的大家開始留意聽他們的對話，因此當彩妝老師加強好最後一塊鱗片後，他故作姿態的清了清喉嚨，突然以一種變態員外的姿態，掀了一把蕭莛洛的裙子，露出底下那雙白花花的大長腿和絕對不合時宜的球褲。

「越過，戲就會演不完啦，凝香姑娘。」

原先正專心吃瓜的眾人，全被突如其來的一掀給噎著了。

有些話不用太用力說，也不用太認真說，因為一旦越過了，就像魚離開了水，再也回不去了。

吳灕不想越過與蕭莛洛的那條線，不想要在這孑然一身的空虛中再添一筆。

大三上那晚，第一次與方慕沿對台詞時的吻，並沒有將他們推向更親密的下一步。因為僅僅只是吻著，就不禁落下眼淚的兩人，在對方眼中無意間窺探到了注定沒有彼此的未來。

最後，在那間漆黑的教室，吳灕鬆開手對眼前的人輕聲說：走吧，該回去了。

而那個讓他眷戀不已的人悄然應了聲：好。

於是他們肩併著肩，在昏黃的街燈與夜雨中，走回各自的寢室。

那場逐漸變大的雨中，誰也沒撐起手中的傘。

「文離，你要是流汗把鱗片妝弄花了，我會親自宰了你！還有凝香你的裙子要是再提起來一次，我會確保你裡面連球褲也不能穿！看你想提多高提多高。」

蕭荏洛舉起拳頭，準備一拳打在吳灕腦袋上時，戲劇老師身穿黑色的正式西裝出現在後台。

那個冷肅的聲音嚇得後台的眾人瞬間噤聲。

兩人乖乖站著，被戲劇老師壓低嗓門痛罵之際，既視感突然湧現。

他們瞄了對方一眼，知道彼此都想起了新生入學不久後，那個在水餃店的回憶。

總覺得已經是好久好久以前的事了。

「現在給我滾去左側後台預備，你要上戲了。」

吳灕依言走去紅色的左側布幕後方時，戲劇老師從後方叫住他。

「吳灕同學，我聽到你和凝香說的話了，不管有沒有那條線，人生就是一場不斷失去的旅程，就像輪迴，每一世的東西我們帶不走，但此刻就讓那曾有過的火花，在舞台上點燃熊熊大火吧，去追上恩人的步伐吧，文離！」

麥克風開了，吳灕沒辦法回應，因此僅能安靜點了點頭，戲劇老師輕輕拍了他的肩膀後，緩步退入昏暗的後台。

壓下心中萬千感慨的翻騰心緒，他默默步入定點，透過聚光燈，吳灕看著舞台另一端的人。

方慕湍的書生扮相很好看，藏藍色的書生長袍將他襯得萬分的亮眼，不管是那雙黑得發亮的雙眸，還是那顆掛在眼角的淚痣。

「三、二、一！林沫澤走！」

蔡子琴的聲音在耳麥中響起，方慕滄依言踏上舞台。

林沫澤那個命運多舛的書生，此刻正意氣風發地站在舞台前，向觀眾訴說著自己的夢想與未來。

而躲在漆黑的角落裡等待出場的吳灕，不，此刻應該稱呼他為文離，則安靜躲在一旁，注視著那個發誓要生生世世守護的人。

這就是他們，永遠隔著汪洋的兩人，縱使伸長了手也搆不到的人，舞台上一左一右始終等候著的人。

「三、二、一、文離走！。」

吳墨深吸了一口氣，向前踏入光裡。

那道光裡，有親切喊著他的方慕滄、有身穿華服，以婆娑淚眼看著他的蕭莛洛。

所有在他生命中燃起熊熊大火的人，都在這齣戲裡了。

從今往後，吳灕知道自己向前邁進的每一步，他們都將不斷的後退，留在那青澀的歲月裡。

終章：人間好時節

在無人的咖啡店前，以拳頭揮擊地面的男子，身上菸味、手上的鮮血被大雨沖散。

那在腳邊安靜躺著的喜帖，寫有新娘名字的欄位被雨水模糊了，濕成一團的紙上只剩下那三個扎入心底的名字：「方慕浛」

如果一切要結束了，會想起開頭嗎？

如果一切不結束，要怎麼再次提筆寫下新的開頭？或是不結束也能寫下開頭？

男子沒有答案，那握在手中的筆始終沒有寫下答案。

他們從來沒有對彼此提過分手，彷彿這樣就不用面對未來，可以以自己的方式暫停時間，固執地留在過去。

飛落在一旁水坑中的手機，在男子準備再次揮拳前突然響起，刺耳鈴聲蓋過雨聲。

那個搖搖欲墜的身影立刻停了下來，就像被誰按下開關一樣。

「你要回來了嗎？小孩哭了，我沒辦法一個顧兩個，還有到底為什麼你要在大半夜跑出去，留我一個人在家裡啊？你身為兩個孩子的爸，有沒有一點責任感？」

電話那頭熟悉又陌生的聲音罵著、幼兒放聲大哭著、大雨落著。

「好，對不起，我快到了，再等我一下。」

男子掛上電話，那個身為父親與丈夫的身影向前走，而另一個淌著血、流著淚的人卻留在了滂沱的雨中，再也沒有回家。

三明三暗，觀眾席燈暗，舞台燈亮，劇目開始。

番外：夏有涼風

年少的心如盛夏野火般燥熱，風輕輕一吹便會燎原。

「欸，吳灘，經學報告你要做什麼？」

「啊？還要問，當然是《老子》啊！」

「為什麼？」

「因為這樣我的報告就會變成『老子』的讀書心得啊！」

「幹，你這人真的是垃圾話一堆！」

「什麼垃圾話，老子根本天才！」

中文系，應該要溫文儒雅、沒有噪音、沒有髒話的科系，此刻卻充斥著噪音、漫天的髒話，還有男性同胞的笑鬧聲。

方慕湉被大聲喧鬧的聲響吵醒，趴在背包上睡眼惺忪的打了個哈欠，看向不遠處在座位上嘻笑聊天的吳灘和賴霖杯。

吳灘，班上的小流氓，他對他的第一印象，是這個人感覺髒兮兮的，像一隻成天在外鬼混的小野狗。而且總是穿同一件紅色格紋襯衫當外套，裡面的白T今天沾到醬油、明天染到咖啡，偶而還有泥巴在上面。

他一直搞不懂每天都把衣服搞得像潑墨畫的人，為什麼不穿黑色的，既然都會弄髒，黑色不是比較好洗？

而且白色髒成那樣看起來好不舒服。

此刻正在興高采烈講著自己天才計畫的人，身上那件白T今天竟意外的存活了下來，甚至可以用一塵不染來形容。

正當他在內心給予這位同學嘉許時，一旁的賴霖秝邊笑邊拍手，一個沒注意，揮動的手掃到桌上的超商咖啡，杯子以一個魚躍龍門的姿態撲向吳灘，裡頭深褐色的液體全濺在了雪白的衣服上。

一時誰也沒說話，兩人你看我、我看你，大約靜止了一秒後，髒話四起。

直到打鐘，論語課的教授都進教室了，兩個人還在繞著課桌椅不要命地追趕，最後蕭莛洛看不下去，一拳朝路過他的小流氓和賴霖秝的腦袋K去，才讓失心瘋的兩人抱著頭蹲在地上哀哀叫，也替他贏得了不少喝采。

小流氓揉著吃痛的腦袋起身，但似乎沒膽子反抗那個站在他面前雙手抱胸的人，因此在和賴霖秝合力吠了幾聲後，便乖乖坐回座位，拿出筆記本安分抄寫筆記。

教室恢復一片祥和，但方慕湁的內心卻不怎麼祥和了，看著那染上污漬的白衣，他覺得胃都痛了起來。

到底為什麼要穿白色的啊！

他試圖看向別的地方，但視線不管怎麼繞，最後總是會回到那件衣服上。

「方慕湁，你幹嘛？」一旁的謝諾以注意到他坐立不安的模樣。

「吳灘的衣服髒了。」方慕湁將話含在嘴裡咕噥，講出這句話讓他更不舒服了。

「他不是每次都這樣嗎？」謝諾以發現不是什麼有趣的事情後，便將注意力轉到其他人身上，試圖替無趣的時間增添一些樂趣。

「昨天穿的那件不也因為吃麻辣鍋報銷了。」謝諾以了無生趣的補充。

「昨天？」

「你不是也在？那傢伙的貢丸從高空掉進麻辣鍋的湯裡頭，直接炸了兩朵紅油花到他和蕭莛洛的衣服上。」

「對耶……」

難怪剛才的畫面有一種既視感，昨天吳灘也是因為同樣的原因，被蕭莛洛揍了。

「什麼對耶，搞得我都差點要相信你不在場了。」

謝諾以嘆了口氣，放棄尋找有趣的人，因為天氣冷的緣故，班上的窗子全被怕冷的班長關起來了，連一向敞開的前後門也都被嚴實關上了。不流通的空氣加上教授溫柔的嗓音，班上幾乎睡成了一片，少數醒著的人不是在專心寫筆記，就是在偷玩手機，沒什麼可看的。

「我還真的忘了。」那時他正忙著開小風扇，生怕麻辣鍋蒸騰的煙飄到他身上。一頭紅髮的人翻了個白眼後，閉上眼，加入了上課昏睡群。

謝諾以說得對，那個人每次都那樣髒兮兮的，根本不用特別在意。

方慕湉捏了捏鼻樑，從大背包內拿出筆記本還有筆，整齊的貼著桌邊排好，打算趁這難得安靜的時刻，專心上完今天最後一堂課。

他本來真的是這麼計畫的，但卻發現心思一直無法克制，從天人合一飄到了吳灘身上的髒衣服。

如果不趕快用漂白水泡會洗不起來，或許現在已經洗不起來了，怎麼辦啊！

這份持續注視的目光，最後還是引起了對方的注意，坐在與他隔了3個座位的吳灘，趁老師不注意丟了一顆紙球過來，剛好砸在他大腿上。方慕湉嚇了一跳，戰戰兢兢看向丟紙團的人。

「撿起來、打開。」吳灘用比手畫腳的手語和兇惡的眼神瞪著他。

番外：夏有涼風

方慕湉只得彎腰撿起腳邊的紙球，那張紙一看就知道是從課本後面的空白頁撕下來的，他還在猶豫時，一條橡皮筋射了過來，正中他拿紙團的手。

「啊。」他驚呼了一聲，這聲呼叫在寂靜到可以聽見打呼聲的教室中，格外大聲。

「同學，怎麼了？」教授透過鼻樑上那副厚重的鏡片，好奇地打量慢一步才捂住嘴的方慕湉。

「老師，對不起，我的東西掉了。」方慕湉將手中的紙團藏到桌底下，尷尬得無地自容，所幸老師沒再多問，再次遁入文學的世界中。

「你的什麼掉了？面子還是裡子？」謝諾以從臂彎中悶著笑聲，他早就醒了，只是老師過來時仍見死不救的假睡，等著看好戲。

「你很壞耶。」方慕湉一臉埋怨地說。

「所以你在叫什麼？」謝諾以聳了聳肩接受方慕湉的評語。

「吳灕拿橡皮筋射我。」

「什麼？」

「他剛剛丟了紙團過來叫我開，我沒開，他就拿橡皮筋射我。」方慕湉委屈抱怨。

「這是什麼國中屁孩行為啊？」

兩人的目光同時投向吳灕的方向，剛才老師開口時，那個始作俑者端正了坐姿，一臉認真向學的抄寫筆記。等老師不再注意這邊後，吳灘對上他們的視線，朝他們旋了旋手上又變出來的的橡皮筋，接著以慢速再做了一次「打開」的動作。

謝諾以比了個不失禮貌的中指回去後，一把拿過方慕湉攢在手心的紙團，將它攤平在桌上。

那張白紙上只有斗大的五個字。

「看三小朋友？」

碰，手掌拍向桌面的聲音，在人潮散去的教室內響起。

「吳灘，你解釋一下，這是什麼意思？」

方才下課鐘一響，所有原先趴在桌上像死了的大學生，突然奇蹟似的活過來，抓起書包以最快的速度離開教室。

大學生的夜生活一刻也浪費不得，不管是打工、回宿舍打電動或是夜衝去隔壁縣市吃晚餐，每個人都有想前往的地方。只有少數幾個沒地方去的閒人，還在慢悠悠地收拾書包，吳灘就是其中一個。

「啊？怎樣？」吳灘毫不客氣地「啊」了回來，氣勢完全不輸謝諾以拍在桌上的那一掌。

「還怎樣，你幹嘛欺負我們家方慕湉？」謝諾以將躲在身後的人，推到吳灘面前。

「誰叫他沒事一直盯著我看，所以我才會想知道他是在看三……」

吳灘的髒話講到一半突然收了回去，朝他們身後揮了揮手，還露出十分不「吳灘」的靦腆微笑，謝諾以轉頭發現女神學姊在後門朝他們揮手，用嘴型說再見。

「你這個變態。」謝諾以一臉鄙夷地看著學姊離開後，目光仍若有所思地看著後門的人。

「什麼變態！你才變態，我就跟學姊揮了揮手怎麼了？」吳灘回過神，目光越過被擠到兩人中間的方慕滄，朝後方的謝諾以齜牙咧嘴。

「好啦……你們不要吵架啦。」夾在中間一直沒說話的人弱弱地開口。

原先劍拔弩張的兩人，聽到這句話，便將注意力轉回了他身上。

「所以你是在看什麼？」吳灘撇了他一眼，冷淡開口。

那個小流氓的氣焰不知為何在女神學姊離開後瞬間熄了，連帶著戾氣的眉宇間也夾雜了一絲難以解讀的情緒。

「我看見你的衣服髒了……」他被這突然轉變的態度弄得不知所措。

「所以呢？」吳灘將桌上的書掃進帆布包裡，視線始終沒跟他對上。

「所以我想……」

至於想怎樣他也不明白了，只知道自己很在意，卻不知道在意什麼事情的這份心情是怎麼回事？

方慕湉看著吳灘，突然湧起了想逃跑的衝動。

只要遠離危險就不會受傷了。心底有個聲音悄悄在他耳畔低語。

「他想幫你洗衣服啦！」謝諾以露出燦笑，用力的在他背上拍了一下，他一個踉蹌撲進了吳灘懷裡。

吳灘的身上有一種好聞的咖啡香，應該是那件棉T稍早染上的美式咖啡。

「欸！要聞多久，別趁機吃老子豆腐啊！」被撞了個滿懷的人，粗魯地將他推開。

吳灘回話的聲音聽起來不知為何有些奇怪，方慕湉困惑抬頭看高他一個頭的人，意外的發現對方的雙頰染上了一層淡淡的緋紅。

他在害羞？

還來不及多想，那人便做了一件更令他目瞪口呆的事。

小流氓脫下了充當外套的紅色格紋襯衫，又將白T一把脫了下來。

吳灘的身形十分精實，脫掉衣服後，底下那線條分明的肌肉在他眼前展露無遺。

「拿去。」

方慕湉還來不及整理看見吳灘赤裸的上身時，心中乍現的奇怪感受，那件帶著溫度的棉T就拋在了他臉上。

「洗成全白再還我，老子等著啊。」

咖啡香與木質調沐浴露的香氣擴散開來，方慕湉悶在那人的衣服中，一切漸漸模糊了起來。

那個老是髒兮兮的人，聞起來原來是這種味道啊。

衣服在他恍神時滑落，他連忙伸手一把抓住，此時一直在旁邊默默吃瓜的人冒出一句話。

「我家慕湉戀愛了嗎？」

※

子夜12點的男宿公共浴室裡，有個人正在長條形的水泥洗手台前，奮力搓洗手上的衣物，用力到連額角都沁出汗水了。

走回宿舍的路上，謝諾以一百次地追問他的臉為什麼這麼紅，他也一百次回說太熱了，而那件揉了一百次，此刻再度被攤開在燈光下檢視的白色衣物，胸口處的淡褐色污漬仍是污漬。

一開始方慕滄十分有自信，覺得沒有漂白水解決不了的問題，因此帶著輕鬆愉快的心情進浴間，邊哼著世界名曲「Let It Go」邊刷洗。但過了半小時後，污漬仍頑強的留在衣服上，一點也沒有要「Let It Go」的意思。

對拿著衣服的他來說，那塊污漬可怕的程度，簡直就像是有人被捅了一刀後留下來的褐色血汙。

可怕到令人不忍卒睹。

方慕滄氣餒地將衣服再次浸泡到漂白水中，開始等待下一次洗滌的時間。

這個根本洗不起來啊！吳灘也太壞心了。方慕滄在心裡埋怨著。該不會是要報復他上次讓他揹回宿舍吧，但那又不是自己自願的，誰叫他騎這麼快，腿都嚇軟了。

經過剛剛那一番折騰，方慕滄覺得此刻連站著都是折磨，於是他蹲在洗手台旁拿出手機百般聊賴的滑起ＩＧ，邊滑邊在心裡埋怨。滑著滑著，張嘉麟的限時動態突然跳出「醜照連擊」系列。

最近張嘉麟沒事總是喜歡偷拍班上同學的各種醜照，然後丟上限動，看來今天的苦主是吳灘。

吳灘是個靜不下來的人，因此醜照也特別多，第一張是上課沒坐相，重心不穩從椅子上摔下來、第二張是打噴嚏時翻白眼的瞬間、第三張是喝水時，被賴霖秝拍了一掌嗆到噴水。諸如此類，張嘉麟像狗仔般，洋洋灑灑放了十幾張，方慕湉邊笑邊滑，竟意外地滿足了衣服洗不乾淨的報復心。

最後一張有別於前幾張的醜照，那張拍的是吳灘的背影，方慕湉好奇地按了暫停，順著吳灘的視角看去，他驚訝的發現吳灘注視的方向，正是前排抱著書包睡著的自己。

「那個人揹著你走過校園的感覺不錯吧？」有個聲音悄聲響起。

方慕湉猛力搖了搖頭，小瓜呆的瀏海都被他甩飛了起來，他逼自己將心思再次轉向吳灘為什麼要懲罰他洗衣服這件事。

還是要報復上次體育課，跟他一起打球時害他輸球了？但那次他也不是故意的啊，大學之前，他根本沒打過籃球。

「那你為什麼每次都跑去打球？」那個聲音繼續耳語。

為什麼打球？因為每次吳灘都笑著問我要不要一起玩，他笑起來很好……

「啊！不是！才不是什麼戀愛了，根本不是！都是謝諾以亂講話！反正吳灘一定是因為我讓他揹著走過校園，又害他打輸球，之前還強迫他載我去車站找鑰匙，都是這些加起來，他才會一直盯著我看，才會討厭我到逼我在這裡幫他洗衣服！」

方慕湉焦慮時講話速度會變快，在連珠炮似地抱怨了一長串後，他長長嘆了一聲，嘆息迴盪在空蕩蕩的浴間。

「老子，才沒那麼小心眼，而且衣服明明是你自己說要洗的。」

「啊！」

聽到這突如其來的聲音，方慕滄嚇得心臟差點停止，因為時間點大學生們要不是在外流連，要不就是睡死了，很少有人這時跑來洗澡的，所以他一直以為浴間沒人。

「喂，你叫那什麼聲音！老子啥都沒幹啊！」

從淋浴間踏出來的人，頭上披了條毛巾蓋住黑色亂髮，看向他的深褐色雙眸除了狠戾外，還帶著一絲著連本人都沒察覺的柔光。

就像豢養了月光在眼中，隱晦卻溫暖。

「你在裡面多久了？」方慕滄驚魂未定，眼前是抱著藍色臉盆的吳灘。

「久到足以聽見你在放肆的抱怨我。」吳灘將臉盆放在洗手檯上，從中拿出牙膏和牙刷，然後不懷好意地補了一句。「親愛的艾莎公主。」

他到底在裡面多久了啊？

想到剛剛飆高音和抱怨都被聽見了，方慕滄羞得耳根都紅了，他連忙轉移話題。

「為什麼你洗澡都沒聲音啊？」

「啊？什麼叫沒聲音，難不成老子要跟你一樣大聲唱歌啊？」吳灘沒看他，擠了一大坨牙膏到牙刷上，唏哩呼嚕地刷了起來。

「我是說水聲啦，你洗澡沒用水洗喔？」他的臉更紅了，為了遮掩只好扭開水龍頭，繼續埋頭搓揉著應該要再泡上半小時的衣物。

「你才沒用水洗！分明是你洗個衣服水開那麼大，又那麼認真的大聲唱歌，連老子在裡面洗澡的聲音都被你蓋過去了。」

吳灘咬著牙刷說話，壞心地三句不離唱歌，堵得他一時間不知道該說什麼，索性閉上嘴不說了。一旁的人也沒再搭話，頭上蓋著的那條毛巾遮住了他的臉和神情。

浴室間恢復了安靜，只有水聲迴盪。

不管他再怎麼遲鈍，此刻浴室間這股異樣的氛圍，還是察覺得到的。

雖然吳灘刷牙時一直沒看他，但他卻察覺自己不斷想起那張照片，不知道背對著鏡頭的人，臉上究竟是什麼表情？

他偷偷瞄了一眼身旁的人，剛洗好澡的吳灘身上穿的是黑色的棉T，連球褲也是黑的。

這個人明明也是有黑色的衣服的啊，難道是為了吸引他注意，所以每次都穿白的然後再故意弄髒？這個念頭如雷擊般閃進他亂糟糟的腦子裡。

不可能！他再次用力的搖頭。

「吳灘……」

「衝啥？」像是一直在等他開口一樣，吳灑立刻接話。

「我……」

他不知道自己為什麼喊他，只覺得必須說點什麼來打破這份沉默，和腦子裡過分響亮的聲音。

「先警告你，洗不起來不准還我喔！」

吳灑仰頭將口中的水漱得咕嚕作響，吐掉後用手背抹了一把嘴，露出討債集團的咧嘴笑，接著拿下頭上的毛巾作勢要把他蓋布袋。

「哪有人這樣啊？」

方慕湉委屈巴巴揮開對方的毛巾，原先夢幻的一刻，就這樣被那人的幼稚行為打碎了，他覺得自己真是遇上討債集團了。

「一言為定啦，小公主。」

吳灑說完朝「公主」行了個騎士禮後，便丟下面紅耳赤的他走出浴室，沿路還可以聽見他愉悅地哼著「Let It Go」。

過了一陣子，方慕湉好不容易緩過來後，才意識到到剛剛為什麼沒發現裡面有人了，吳灑蓋在毛巾底下的頭髮根本沒有濕，而且連腳上都還套著襪子，簡直就像剛要進去洗澡的樣子。

那個人一直在淋浴間安靜的聽他洗著衣服，直到他說出那句一定是因為吳瀨討厭他時，才趕忙出來澄清。

夏日的晚風，從浴間半開的氣窗拂來，再度燃起了好不容易撲滅的星火。

※

黃花風鈴木的花語是感謝，以自身最燦爛的模樣感謝著深愛的人。

今天鯉魚傳情週結束最後一天，也是是方慕洽第五天出來找寫信的人了。

其實在收到信的當下，他就隱約知道是誰寫了那封鯉魚信，畢竟，那個署名的記憶點太鮮明了，當時一直覺得「老子的心得報告」這句話很有趣，便默默記下了。

然而，他卻一直不敢當面找對方確認，他知道自己沒那個膽，所以只好以這種明明知道那個人應該就住在隔壁，卻偏偏要繞過大半個校園去找的笨方法賭賭看。

如果不是就好了。

在每晚８點穿上外套準備出門時，他總是這樣催眠自己。

如果不是，那他就可以好好拒絕對方，然後回去過自己安穩的日子。但如果是，那他會答應嗎？

「怎麼辦啊……」

搭在門把上的手滑了下來，最後方慕湉整個人蹲在房門前縮成了一團球，一如前四個晚上。

他不知道自己到底怎麼了，他的日子一向慢悠悠的，也一直覺得如果能不被注意到，平順地度過大學生活最好。但不知為何吳灕總是會在意他的一舉一動，而且總是能被惹惱，久而久之，他也變得在意起那個人。

他在意他的衣服有沒有弄髒、今天有沒有被蕭莛洛罵、騎機車時有沒有好好的戴上安全帽，畢竟吳灕總是騎得那麼快。

吳灕那個急驚風的人，不知為何很常出現在他的生活中。上一瞬在身邊、下一瞬消失於視線外，就這樣反覆不斷，就像一場場落在他尋常日子裡的流星雨，這一瞬消失了，下一瞬又在夜空出現，令人無法轉開視線。

今天換作是其他人，他可能會覺得對方是不是想交朋友才這麼常出現在他身邊，但那個人看向他時，總是一副要殺人放火的樣子，要不是那天論語課下課注意到吳灕臉頰上的一抹紅，他會覺得吳灕討厭他。

但是吳灕喜歡他嗎？

門前的人將自己「球」得更緊了。

方慕湁看著地板呼吸紊亂了起來，他很討厭心臟撲通的在胸口躍動這麼快，也討厭這份緊張不安的情緒，如果不去確認，那他的日子就完了。

「去吧！方慕湁！為了你的安穩日子！」

他猛得站了起來，用力拍了拍自己的臉頰，推開7506的大門衝了出去。

身後，謝諾以和眾室友們從各自筆電前探出頭，看著敞開的門，有志一同推了一下不存在的眼鏡，露出謎樣又愛憐的微笑。

遠遠的方慕湁就看見那個他找了五天，將他的日子攪得波瀾萬丈的人，蹲在人文館前的黃花風鈴木下。

唯一一盞的街燈冷清照映在頭垂得低低的吳灘身上，方慕湁下意識收住了腳步。

褪去了白晝兇狠，此刻那個強勢的人看起來居然如此脆弱，這畫面帶來的衝擊幾乎讓他落淚。

吳灘喜歡他嗎？男生可能喜歡男生嗎？這些問題在他察覺吳灘哭了的當下，煙消雲散。

那個當下吳灘就是吳灘，他就是他，而他那慢半拍的腦子，一次只能處理一件事。

兇也好、笑也好、臉紅也好，男生也好，他喜歡那個總是如此在意自己的人。

他喜歡吳灘。

方慕淞深吸了口氣走上前，開口喊了他的名字。

※

說了喜歡後的他們，常一起吃飯、一起上學，偶而一起出門玩，方慕淞喜歡坐著吳灘的機車一起去各個地方，也喜歡他為了他減緩快得嚇死人的車速。

他喜歡這樣輕鬆簡單的喜歡。

吳灘看似粗線條其實是個心思細膩的人，每次一群人去吃飯時，不管他多晚出現，吳灘身旁總有留他的位置，而且那個位置永遠都是在左邊。

某次他忍不住問他為什麼是左邊時，吳灘露出陽光燦爛的笑，臉也一如既往地紅了，他用拇指比了比心臟，然後說左邊是「老子心上人的位置」。

或許，就是那時，他開始感到沉重。

畢竟，那個愛說土味情話又容易臉紅的人，對日子有野火般的想像，而他追求的卻是平淡簡單。

這段關係中，吳灕是盛夏的火，而他是尋常日子裡的風，火遇上風，只能燎原。

他喜歡和吳灕在一起，但這突如其來的身分轉變，令一向慢熱的他難以招架。不論是牽手或接吻，對他來說都太快了，況且他也還沒想好怎麼跟身邊的人解釋。

於是，他逃了，為了不被大火燒到，為了平凡的日子而逃。

他沒牽起吳灕垂在身側的手、也沒有在他們一起去看午夜場電影時，如隔壁情侶般大膽擁吻。

他們一起出門時，他努力讓他們像兩個普通的男大生。他相信，只要不打破這份平衡，日子就會一如往昔。

「欸，我們為什麼不接吻？」

他剛喝下的一口珍奶差點沒噴出來，那時他們正坐在友校的大草皮上，等著看8點的校慶煙火秀，雖然此刻一同前往的眾人四散各處，只有先到的他們肩併著肩站著，但方慕淞仍慌張的張望四周，生怕這等狂言被人聽見。

「小聲點啦！」

「為什麼？我們不是在一起了嗎？」

「但其他人不知道啊。」

「老子想吻你，干其他人什麼事啊？」

「吳灕！」

方慕湉伸手擋住了吳灕越靠越近的臉，他已經算不清這是第幾次吳灕想親他，而被他推開了。

「嘖。」

吳灕不悅地撇開頭，沒再繼續欺身向前，雖然看起來很像流氓，但他從來沒有逼迫自己做任何不想要的事。

「再給我一點時間吧。」

方慕湉輕輕出聲，聲音幾乎被周遭看煙火的人潮淹沒，吳灕沒有回應，他以為他沒有聽見。

「要多久？」

第一朵煙火在暮春的夜空綻放，照亮了吳灕的臉龐。那個總是空出左邊給他的人，那個他不知道該怎麼去愛，也不知道該怎麼不去愛的人，神情十分落寞。

不是生氣、不是難過，而是落寞，像是遭人遺棄般落寞。

點亮夜空的煙火僅有一瞬，轉瞬間，那人與臉上的神情又陷入了漆黑之中，就像不曾出現。

人為什麼會愛上另外一個人？是因為對方有自己沒有的東西嗎？還是因為對方有與自己相似的部分？

這亙古難題，方慕湉沒有答案。

他倆安靜地望著夜空等待下一朵煙花，但這場應該要繼續的煙火大會，卻僅綻放了一朵後便宣告結束，因為突然下起了滂沱大雨。

四周的人潮開始往遮蔽處走去，有的笑鬧推擠，有的不甘心埋怨，而靜靜站在原地的他們，誰也沒有說話。

過了一陣子，人潮逐漸散去，偌大的草地幾乎只剩他們兩個了。方慕湉不自在的交換著支撐腳的重心，吳灝卻仍站在原地仰望夜空，那專注的模樣，簡直像是煙火仍繼續綻放般。

深知此刻凝重的氣氛是他引起的，方慕湉心想自己應該說點什麼來安慰身邊的人，正當他準備開口時，吳灝突然脫下了外套罩在他的頭上，替他擋去滂沱大雨。

「走吧，現在時間還早，我們吃完宵夜再回去。」

吳灝的聲音聽起來很正常，於是悶在外套裡的他沒再說話，低著頭跟在吳灝身後。

兩人就這樣一前一後走在散場的人群中，外套底下的他無法辨識方向，只能亦步亦趨的跟著那雙在雨中踩出朵朵水花的黑色帆布鞋。

人群的喧嘩聲越來越遠，而外頭的雨聲仍淅瀝，方慕浛的心神隨著步伐越漂越遠。

如果能就這樣一路走到永遠就好了……

驀的，前方的人收住腳步，他差點一頭撞了上去，他眨了眨眼回過神，就在此時，兩人視線對上。

吳灕輕輕的撐開了他一直蓋在頭上的外套，直勾勾地看著他，那雙悶著火焰的雙眸，藏不住任何心事，也藏不住痛苦。

方慕浛的心漏跳了一拍。

「方慕浛，你為什麼不喜歡我啊？」

吳灕的聲音低低啞啞，像是哭過一般，睫毛上滴滴點點的水珠不知道是雨水還是淚水，方慕浛轉開視線，躲開了那雙帶著雨露，悶著火焰的深褐色雙眸。

「我沒有不喜歡你……」

「那我可以吻你嗎？」

「對不起……再給我一點時間吧。」

※

番外：夏有涼風

夏天熱的，年少心亦是。

那個他在初春告白的男生，恢復了原先如盛夏般耀眼的流氓樣。方慕滄戰戰兢兢觀察了幾天，發現吳灕仍愛鬧騰著說些土味情話，但僅止於此，沒有再更進一步。

他鬆了一口氣，只當那次煙火大會是吳灕太累了，畢竟，那天他倆可是從凌晨4點起床看日出，接著一路玩到煙火大會。

之後好幾次，包含這次在暗巷因為肢體接觸這件事，再度吵起來也一樣，他一心覺得吳灕一定又不知道是去哪裡玩得太累了，理智才會斷線。

這個一廂情願的想法，直到看見那個人當著他的面從五樓往防墜網跳下時，他才猛然醒悟，那天問他要等多久的吳灕，始終沒有好起來。

「滄，你帶我回家吧……」

倒在懷中的人這樣對他說，可是每次帶喝得爛醉的那個人回來宿舍、一路一直看顧他的，卻是蕭莛洛。

所以，吳灕究竟是誰的？回家又是要回誰的家？

他沒辦法想像吳灕是別人的，卻也想像不出來吳灕是他的。

所以才會任他吻的吧？在那張宿舍的木床上；所以才會在最後一刻，奪門而出的吧？

他在淋浴間躲了好久、好久，直到晨光夾著細雨灑落，才起身緩緩走回房間，他回去時，吳灘已經走了。

看見被窩裡空無一人時的感受，比他想像中來得更加失落，他一如既往地逃，卻奢求那個人會在原地等著，這樣的他是不是太自私了？

那天是方慕湉人生中第一次翹課，他躲在床上，抱著仍殘留著吳灘味道的棉被哭了一整天。

之後，日子像是被淚水洗滌般恢復了，吳灘沒再特意來找他、沒等他上放學、沒特意留座位。

沒有盛夏野火。日子，恢復了。

明知道不該這樣，但方慕湉仍有鬆了一口氣的感覺，所以他就這麼拖著、躲著，時間也就這麼一天天過去了。

直到那句話再次將他打回現實。

「你愛過我嗎？」

不知為何，方慕湉總覺得這樣的對話應該出現在下著雨的時候，而不是在這個吹著徐徐微風的涼爽夏夜。

暑假前的最後一個上課日，他拒絕了朋友們的邀約，想要至少在放假前把對吳灕的情緒好好梳理，然而那個從漆黑的夜色中現身的人似乎討厭他了，凶狠的語調和冷漠的神情，令他傷心也令他卻步。

所以他也一如既往地選擇了最安全的方式：逃跑。

正當他要離開時，吳灕平靜的問句將他定格在原地，那個他始終沒有答案的問題比任何拉扯還要有力，令他無法邁開步伐，但他也沒辦法回頭，他怕看見那個好強的人落淚的畫面，也怕讓他看見自己哭花的臉。

於是，他終究還是逃了，這一逃，便是天涯。

※

日子繼續向前，他也亦步亦趨地跟著，沒有回頭是因為害怕，害怕一前一後奔馳的他們，必然失散的痛苦，也害怕那雙悶著火焰的眼。

但是，公告畢展劇本海選的結果那天，他還是忍不住回頭了，因為他知道那齣戲是為他寫的，雖然這麼想可能有些自大，但他就是知道，在與起身謝票的吳灕對上眼的瞬間，他知道這個炎炎盛夏還會延續下去。

徵選那天，一直暴走的戲劇老師選上了站得遠遠的他們，那時的他與吳瀟仍沒有更進一步的互動，鯉妖文離和書生林沫澤就像沒有緣分的他們，永生永世在追尋與輪迴之中泅泳。

在這齣戲裡，吳瀟悄然落著自己的淚。

「恩人，你認得我嗎？還記得那條困在淺灘中的鯉魚嗎？呵，我真傻，你怎麼可能記得。」

今天上午是他們自己對戲的日子，對的是文離與林沫澤那場生離死別的大戲。導演謝諾以選在了校園一隅的鵝湖讓眾人對戲，照他的說法這樣比較有穿越感。

將劇本捲在手中的吳瀟，念出文離的台詞，然而應該深情的眼眸，卻始終避開對戲的他。

「如果我是人的話，就不需要這樣躲躲藏藏了吧……」

透過文離之口，吳瀟的一字一句猶如刀一樣刺進他的心裡，本來以為他們的關係會改善一些，沒想到仍是這麼僵啊……

方慕淞努力將這份惆悵壓了下來，露出林沫澤的燦笑。

「這次一定可以順利考取狀元，咦？賢弟！你怎麼了！怎麼會倒在這裡？醒醒啊！」

因應劇情他輕觸吳灘的肩膀，久違的感受到了那個人的體溫。

「暫停。我不行。」

「男人怎麼可以說自己不行？」謝諾以揶揄著那個突然喊卡的人。

吳灘像是沒聽見一般，自顧自地走到了一旁的涼亭，靠著柱子滑起手機。

「欸，你家文離到底是怎樣？」謝諾以百思不解看著坐在涼亭的人。

「我不知道。」

他是知道的，是因為他。

「你去問問吧，畢竟你是女一啊，照顧一下我們家的男一吧。」

禁不起謝諾以的半推半就，方慕洽還是朝涼亭走去了。

「吳灘……」

方慕洽站在稍遠一點的地方怯生生喊著那個名字，他發現吳灘手上的手機，螢幕根本沒有亮。

「銜啥？」吳灘將手機收進口袋，沒好氣地回答。

「你還好嗎？」

方慕洽努力克制想逃跑的感覺繼續說下去，吳灘撇過頭，看著一旁繁花落盡的風鈴木沒有答話。

這是他許久以來第一次好好的看著吳灕，吳灕臉色十分蒼白，整個人也瘦了一圈，掛在雙眼下方的黑眼圈讓他感覺更憔悴了。

「你看起來很累……」

「媽的！不要再說我累了，老子一點也不累！方慕湉，你到底知不知道老子怎麼了？」

吳灕猛然揪住他的衣領，一把將他拉了過來，那雙好看的褐色眼燃起漆黑的火。

「我不知道。」明知道答案卻因為害怕，讓他執拗的說出這個一定會讓那人生氣的答覆。「我不知道你怎麼了！」

「那我們就沒什麼好說的了。」

吳灕粗魯的甩開他，接著走到謝諾以和其他演員跟前說了聲抱歉，便頭也不回地離開了鵜湖，離開了他。

望著那個人越走越遠，方慕湉抹去了臉上不爭氣滑落的眼淚，走回眾人身邊。

「欸，那個小流氓又吃錯什麼藥了？」

「我不知道，大概是累了吧……」

夏天如有涼風，那便是人間好時節，然而今日從湖面拂來的風，卻寒得令人心慌。

※

後來，他們再次獨處，是在開演前的雨夜。

其實收到老師的通知時，方慕浛就做足了與吳灑講話的勇氣，但此刻真的看見那個人，他腦中又是一片空白。

在教室黑板上認真沙盤推演的吳灑，理成平頭的頭髮長了回來，但身軀仍是那副單薄的模樣，似乎仍沒好好吃飯，也沒有好好睡覺。

吳灑看到他有些訝異，方慕浛立刻猜到戲劇老師一定又把林沫澤說成女一了。

「你頭髮變長了，之前理的又長回來了。」他有些不自在地說著客套的字句，畢竟，他們又很久沒有講話了。

「怎樣，現在看起來帥嗎？」吳灑坐在他身旁，抹了抹看起來仍有些刺扎扎的腦袋，露出有些苦悶的微笑。

帥，很帥啊。

心底的這句，方慕浛說不出口。

這段感情，他們始終在不同節奏上，吳灑能等他多久？他又能要求他等多久？他們的未來他想像不出來。

「文兄，生得可真俊。」

他討厭這個軟弱又無能為力的自己，於是林沫澤這句台詞頂替了方慕湁，從他口中說出，吳灕頓了一下，因著他的期盼，念出了那句自己始終很喜歡的對白。

「……但我多希望你能記得，多希望有天能親口對你說出這些話，如果我是人，就不需要這樣躲躲藏藏了吧……」

如果我不是方慕湁，我們就不需要這樣躲躲藏藏了吧。

驀地，戲劇老師突然出現在教室，打斷了他越發苦悶的思緒，而那個跌坐在彼此身上的吻也猝不及防到來。

這個吻應該要像童話故事一般，從此王子公主過著幸福快樂的日子，然而這裡排演的不是童話，他們也不是王子與公主。

吻沒讓一切變得更好的原因，是因為後續緊接而來的道歉，吳灕的那聲道歉就像是在強調，他們已經沒有關係。

所以最後在那間無人的教室，他才會主動吻了吳灕。

被他壓在桌上吻著的吳灕，雙頰宛如染上了胭脂十分好看，他在吻與吻之間褪下了那件格紋襯衫，將手探入白T撫摸那副精實而滾燙的軀體，一如那時吳灕在宿舍對他做的，在他的撫觸下，吳灘沁出了一層薄汗，紊亂的氣息如離了水的魚。

外頭下起了雨，淅瀝瀝的打在葉上，沒點燈的教室一切都模糊了起來，連身下的人和他的心也是。

正當方慕淊準備往下方游移時，吳灘捧起他的臉吻了上來，那人的唇舌十分靈巧，在吸吮之間，他感受到一股如電流般的悸動從下腹湧上，想退開時，吳灘卻抓住他的衣領不讓他退後，接著一把將他拉進胸懷，以低啞的嗓音在他耳畔呢喃他的名字，以及那句讓他足足記了十年的話。

「淊，下雨了，你會帶我回家嗎？」

透過人文館外頭清冷的街燈，他看見吳灘哭了，那個好強的人，連哭都沒有聲音，湧出的淚水就這麼無聲的順著眼角滑落，他緊緊回抱著吳灘，將頭埋入帶有咖啡香的白色T恤，不忍再看。

不知為何，他們的吻與離別總是離不開雨，就像是兩人所有嚥下的淚水在雙唇相觸的一瞬全化作雨水，在最無法以言語訴說的夜裡落下。

最終，那年沒撐傘在滂沱大雨中走回宿舍的他們，步調始終不同的他們，誰也沒能走出那場雨。

沒有吳灘的消息已經十年了。

畢業公演後，他將那件在大二時，吳灕託給他洗的白T還給他，接過衣服的人看見了胸口的淡色污漬，卻沒有多說什麼，僅對他淡淡說了一句謝謝。

方慕湁沒問他謝什麼，明明那塊污漬沒有洗起來，他們之間的問題也沒解決，但他有預感，如果問了對方也不會回答。

在這聲道謝後，吳灕便離開了，沒有說再見也沒有提分手，甚至連他們畢業之後也沒有。

十年了，吳灕仍不時出現在他的夢中，每次相遇都是在那個他們仍少年的雨夜。

「湁，下雨了，你會帶我回家嗎？」

夢總是到這句話就醒了。

在沒開燈的房間，手機訊息提醒的嗡嗡聲像是算準時間般響起，方慕湁睜開眼，拭去滑落的淚點開螢幕，遠距離戀愛中的未婚妻傳來了訊息，內容是請他確認男方這邊的賓客名單，他想了想，最後加了個名字。

這個拖了太久的句點，終須得畫上。

方慕湁輕輕嘆了一聲，關上手機，本來打算回去繼續睡的，但手指卻不聽使喚的再度點開了那張不知道看了幾次的照片。

那是ＩＧ裡截下來的一張家庭照，對著鏡頭露出淺笑的高個子的父親，將一雙兒女扛在肩上，身上那件格紋紅襯衫在拍照的一瞬被風吹起，露出底下的那件白T胸口處，隱約可見一塊淺淺的污漬。

「對不起，吳灘，我沒辦法帶你回家，因為你已經不是我的了。」

野火般的夏日，如果有涼風相伴，便是人間好時節，但如若炎夏沒有涼風，該怎麼度過漫漫暑熱？

（全文完）

後記

首先，謝謝看到這裡的你，感謝你陪著吳灘與方慕沿這兩個傻瓜一路走到了最後。

也很感謝從開始創作以來，一直追著更新並給予很多很棒回饋的文友們，以及在截止期限前，被我逼著餵食作品和校閱的大學好友們。

另外，十分謝謝台灣角川，還有我的編輯喬編，我得十分汗顏的承認，我是個錯字橫生的人，謝謝他不離不棄的校對；也很謝謝封面繪師Gene，有她，才讓小流氓與慢半拍在大家眼前活了過來！

《離水》這部作品，在我心中始終帶著一抹揮之不去的惆悵感。

吳灘，是個又傻又真摯的小流氓，不斷追求幸福，卻始終無法企及；而方慕沿，則是個總是站在原地欣慕著、擔心著的小潔癖。這兩人一快、一慢，他們掙扎過、愛過、哭過，但最後握在手中的，仍不是那雙最想緊握的手。

或許，在那流轉的青春歲月中，他們倆永遠都慢了半拍。又或許，這就是所謂的現實，既苦澀又不堪，狠狠的擊碎每個做過的夢、思念過的人。

然而也因為這樣，人才有機會活得傷春悲秋，也才能在品嘗過這份苦澀後，輕輕地說上一句：至少，我愛過。

最後，再次感謝所有的愛。有燈處，有人。因為有你們的念想，才有《離水》的問世，謝謝你們。

現在，該說再見了，直到下次再見以前。

您真摯的酒鬼 吳墨

定價
NT$350
HK$117

My Imaginary Boyfriend 我的幻想男友

Patrick Rangsimant / 作者　小黑豹 / 插畫

受詛咒的幻想男友，
需要真愛的力量，化為現實。

Phai幾乎要把Klong——他五歲時認識的「幻想朋友」給忘了。但二十二年後，Phai因為寂寞又回到幼時那幢房子，讓他和Klong再度相遇。有Klong相陪，便不再孤獨，可是當Phai的身旁出現追求者，Klong竟從「幻想」變成了「現實」，而且步步進逼……難道，Klong不是僅存於腦中的幻象嗎？

定價
NT$280-300
HK$93-100

非限定Alpha 1~2

米洛／作者　黑色豆腐／插畫

法學院大佬頂級Alpha × 程式天才小奶狗Alpha
一場心、身都熱汗淋漓的甜蜜撩慾之旅——

身為Alpha的蘇珞，原以為喜歡上同為Alpha的班長已是不可思議，沒想到更離譜的是，「情敵愛上我」這樣狗血的戲碼會發生在自己身上。班長的竹馬，總是冰山禁欲臉的昊一，這種頂級Alpha和自己根本是兩個世界的人，可是昊一像是「sudo指令」，逕自獲得了最高許可權，旁若無人地踩入他的心……

國家圖書館出版品預行編目資料
離水 / 吳墨作 . -- 初版 . -- 臺北市 : 臺灣角川股份有限公司 , 2023.05
面 ; 公分
ISBN 978-626-352-549-8(平裝)

863.57 112004180

離水

作者．吳墨
插畫．Gene

2023 年 5 月 25 日 初版第 1 刷發行

發行人．岩崎剛人
總監．呂慧君
編輯．喬齊安
美術設計．李曼庭
印務．李明修（主任）、張加恩（主任）、張凱棋

台灣角川

發行所．台灣角川股份有限公司
地址．104 台北市中山區松江路 223 號 3 樓
電話．（02）2515-3000
傳真．（02）2515-0033
網址．www.kadokawa.com.tw
劃撥帳戶．台灣角川股份有限公司
劃撥帳號．19487412
法律顧問．有澤法律事務所
製版．尚騰印刷事業有限公司
ＩＳＢＮ．978-626-352-549-8